JN307509

賭け　将棋士お香　事件帖1

沖田正午

時代小説

二見時代小説文庫

目次

一万石の賭け——将棋士お香 事件帖1

第一章　梅にうぐいす

一

庭に咲く紅梅の枝に鶯《うぐいす》が止まり、自慢の声を披露している。

風流を愛《め》でる、そんないとまもなく玉将《ぎょくしょう》と飛車《ひしゃ》の一手両取《いってりょうと》りをくらい、ご隠居の顔が歪《ゆが》みをもった。

十八歳になる娘《むすめ》将棋指《しょうぎさ》し『お香《きょう》』という娘が、六十を過ぎた『梅白《ばいはく》』という雅号《がごう》の隠居に手ほどきをする、指南将棋の最中であった。

「王手飛車取《おうてひしゃと》り」

鶯の啼《な》くような声でお香は言った。

お香が放つ七三角《かく》打ちの好手に、とうに六十歳を超した老体を左右に揺らしての長考である。

「……うーん、参った」

顎《あご》に蓄えた白髭《しろひげ》に手をやるも、梅白に妙案は浮かばない。持ち駒《ごま》もないので、王様が逃げる一手なのだがそれでも熟考を重ねる。何を考えているのかね、と言った声が聞こえてきそうな、場の雰囲気であった。

熟考の上、そして指した手が——。

「そちらへ逃げましたら、ご隠居……」

対局を傍観していた隠居の側人《そばにん》の一人、竜之進《りゅうのしん》が堪《たま》らずに口を出した。将棋が指せなくとも、王様のほうが偉いことぐらいは分かる。

すでに飛車が三間《さんげん》横滑りしていた。

「はい、詰《つ》みね」

すかさずお香のしなる指に角行《かくゆき》が挟まれ、玉将と書かれた駒の上に載る。王様が捕らわれ、そこで勝負の決着がついたと思いきや、隠居の苦渋こもる声が漏れた。

「待った」

往生際のわるい梅白に、お香が敢然と食ってかかる。

「待った待ったってさっきから。これじゃ将棋にならないでしょ！」

普段は鶯の啼くような澄んだ声なのだが、こと将棋となると口を尖《とが》らせ、御俠《おきゃん》言葉にうって変わる。物怖《ものお》じのなさは、将棋の師匠という自負があるからだろうか。いや、それよりも多分にお香の性格にもよる。

「ご隠居。待ったは卑怯《ひきょう》でござりまするぞ。しかも、すでに五度も……」

お香の詰《なじ》りに乗じて諫《いさ》めたのは、もう一人の付き人である虎八郎《とらはちろう》であった。

「うるさい、おまえらは黙っておれ。将棋の何かも知らぬくせに」

皺顔《しわがお》一面真っ赤にして、諫める虎八郎を咎《とが》める。齢《よわい》六十の還暦をとうに過ぎても、なお血気溢《あふ》れるご隠居であった。

お香が相手にしているのは、本名は松平成圀《なりくに》といい、御齢《おんとし》六十三になる隠居老人であった。

この成圀、五代水戸藩主であった徳川宗翰《とくがわむねもと》とは一月遅れの弟として享保《きょうほう》十三年に生を授けられた。第四代水戸藩主である徳川宗堯《むねたか》の三男として、側室が産んだ子であった。水戸の黄門様で知られる水戸光圀《みつくに》が元禄《げんろく》十三年に没してから二十八年後のことである。義理ではあるが、黄門様は曾祖父《そうそふ》にあたる。

生まれた当初から冷や飯食いであった成圀は、幼きときより上屋敷には住めぬものの、根津権現近くの水戸藩中屋敷の広大な敷地の中で、自由奔放に育てられた。そして、兄宗翰が明和《めいわ》三年に逝去することもない、千駄木《せんだぎ》に居を移すことになる。成囿三十九歳のときであった。

それ以後隠居の身となった成囿は、『梅白』と号し、そしてさらに二十四年の歳月が経った。周囲からは『水戸の梅白様』などと呼ばれている。

娘将棋指しであるお香と出会ったのは寛政《かんせい》三年、梅の花が咲きほころぶ三日前、ほんの偶然からであった。今まで将棋などほとんど指したことのない梅白が、本格的に興味を惹《ひ》いたのはこのときからである。すっかり白髪頭となり、六十三歳になって梅白は、数十年ぶりに本将棋というものを指した。

囲碁ならばいくらか嗜《たしな》みもあったが、将棋の駒を動かすのは、廻り将棋とかお金将棋とかで幾ばくかの銭金を賭けて、側人である竜之進や虎八郎、そして数人いる下男下女たちと遊戯をするくらいのものである。とても本将棋といえる代物《しろもの》ではない。

娘将棋指しお香による、この日初めての指南将棋であった。

お香の説教が飛ぶ。

「本当に強くなりたいなら、この先どんなことがあっても、待ったをしちゃだめ。いい、分かった？　爺さんが貼る膏薬《こうやく》ではあるまいし、ぺたぺた駒を動かすだけの将棋は、もうこれでおしまい。待ったをしたら、ここには二度と来ませんからね」

お香は一気にまくしたてる。身分の違いなどどこ吹く風である。

「分かったから、もう一番……」

「しょうがないわねえ」

言って再び駒を盤面に並べはじめた。

「……駒と将棋盤だけはいいのを使ってるのだから」

耳に届かないほどの声でお香は呟《つぶや》く。

将棋盤は七寸厚の本榧《ほんかや》で、縦横九枡《ます》を仕切る線は、刀の刃で漆《うるし》を引く太刀盛《たちも》りという技法がとられている。

駒の材質は薩摩黄楊《さつまつげ》で、木面に駒文字を彫ったところに、漆を盛り上げた『盛り上げ駒』といわれるものである。

いずれも、そん所そこらの者では手に取ることができぬほどの、最高級とされる代物であった。この将棋盤と駒とでもって、梅白は今まで廻り将棋や、お金将棋などに興じていたのである。

駒を盤面に並べ終えると、お香は自陣側の歩《ふ》の一列と、金将《きんしょう》二枚と王将《おうしょう》だけを残して、ほかの駒をすべて盤上から取り除いた。

お香と梅白は、大人と赤子《あかご》ほどに実力が異なる。いわゆる、八枚落ちの将棋であった。

「よろしくお願いします」

対戦前に、対戦者同士が挨拶をするのは、将棋や囲碁道《いごどう》にとってなくてはならぬ所作である。実力差にかかわらず、お香が殊勝なのはこのときだけであった。

指をしならせ、第一手目を駒音高く指す。

真っ直ぐ進む香車《きょうしゃ》を駆使する『串刺しのお香』と、二つ名がついた娘であった。背丈は、娘島田のてっぺんまでが五尺二寸。体も顔も小ぶりにできている。幾分丸めの面相は、これが勝負師の顔かといえるほどのあどけなさであった。女の色香というにはまだ幼さが残る。だが、一度盤の前に座ったときは、さすが、目には精悍《せいかん》さが宿った。

お香は、梅白ほどの下手《へた》を相手にしているときは、別のことを考えていても将棋が指せる。

一手ごと指しながら、幼きときのことを想い浮かべていた。

神田金沢町《かなざわちょう》の裏長屋に住むお香は、幼きときから父親五平《ごへい》の将棋好きの影響から、二歳にして駒の動きを会得した娘であった。『香』という名には、真っ直ぐ一本筋が通った娘になれとの、父親の思いが込められていた。

　将棋を覚えて一年後。生まれてまだ三年も経たぬ数え三歳のときに、角落ちで初めて五平を負かし、その一年後には駒落ちのない平手《ひらて》でもって勝つことができた。

　大の男たちを向こうに回す。

　幼少にして、近在の将棋好きが束《たば》になっても敵《かな》わぬほどの実力を、身につけていたのであった。

　お香が五歳のとき――。

　父親の五平がお香に向かって言った。

「――お香。おまえ将棋指しになりてえか？」

「うん。あたい、将棋指しになりたい」

　小さな頭をこくりと下げると、お香は父親五平に向けて笑顔を見せた。

「だがな、将棋指しの修業というのはつれえもんだぞ。お香にそれが我慢できるか？」

「うん、あたいがまんする」

「そうか、ならば分かった。もう、おめえとは将棋がさせなくなるが、仕方ねえ」

将棋指しの門下に入ったら、棋士《きし》としてある程度の実力がつくまでは、素人《しろうと》とは指せなくなるというのが規律であった。専門棋士とは異なる、悪い手筋を覚えてしまうというのが理由としてあげられる。そして、もう一つの理由というのは、賭け将棋に手を出す恐れがあったからだ。修業途中で賭け将棋に手を出し、俗にいう『真剣師《しんけんし》』となって博奕《ばくち》を生業《なりわい》とするほうに落ちていった者は、枚挙《まいきょ》に遑《いとま》がない。賭け将棋に手を出した者は破門《はもん》され、一生将棋の世界での表舞台には立つことができなくなる。

父親五平が出入りする、将棋会所の席亭左兵衛《せきていさへえ》の口利きで、幕府の俸禄を受ける将棋三家の一つである伊藤《いとう》家の分家、伊藤現斎《げんさい》の元に内弟子として出されることになった。

たった五歳にして親元と離れ、現斎に師事する。いかに将棋が好きとはいえ、幼き子にとり、親と別れて暮らすほどつらいことはない。

母親恋し、父恋しでお香は三日ともたず、伊藤現斎の屋敷を飛び出してしまう。

四谷御門から甲州道を西に三町ほど行った、麹町《こうじまち》十三丁目に現斎の屋敷はあった。

神田金沢町へは外濠沿いをぐるり回って一里半はゆうにある。父親五平と席亭左兵衛に連れられて来たときは、有頂天《うちょうてん》で道中の景色など覚えてはいない。

現斎の屋敷を飛び出したまではよかったが、三町も歩いてお香は道にはぐれた。濠《ほり》端《ばた》を、右に行くのか左に取るのかすら分からない。

母親のお吉《きち》からもらった守り袋の中に香車の駒が一枚入っている。お香はそれを袋から取り出すと、四谷御門前の辻で天高く放り投げた。

表が出れば茶碗をもつほう。裏が出れば、箸《はし》をもつほうとあらかじめ決めてある。はたして出た目は、成香《なりきょう》のほうであった。

——すると裏。

お香は迷わず、箸をもつほうへと足を向けた。真っ直ぐ行くと、赤坂から溜池《ためいけ》に向かう道である。一つ歩くごとに、両親のいる神田金沢町から離れていくことを、たった五歳の子供では知るはずもない。

香車のごとく、ただ一筋にお香は真っ直ぐ歩く。

左に外濠、右に紀伊様上屋敷の延々とつづく石垣塀を見ながらお香は歩いた。やがて石垣塀が途切れると、あたりは賑やかな町の様相を呈してきた。見たこともない景色がつづき、ここでお香は、初めて首を傾《かし》げ道が違っているのではないかという疑いをもった。

元赤坂町まで来て、幼き女児が一人で歩いていてはおかしいと思う者が一人ぐらいいてもいい。とくに悪い輩《やから》は虎視眈々《こしたんたん》と、そのような獲物を目敏《めざと》く狙っている。

「おい、お嬢ちゃん」

呼び止められて、お香は振り向く。心細くなった心に、光明をもたらすような声の響きであった。

「なーに？」

四十歳にもなろうかという、髭が濃くいかつい顔の男がお香の目の前に立っている。仁王様にも見える形相に、お香はとうとう泣き出してしまったかというと、そうでもない。

にっこり笑って、男と相対する。男は腰を落として、三尺にも満たぬお香の目線に顔を合わせた。

このころからもうお香には、大人を相手にしても物怖《ものお》じしない性格が身についていたようだ。将棋に負けて、大人たちがひれ伏す。それがお香にとって、何よりも楽しいことであったのだ。

「どっから来たんだい？」

「あっち」

お香は来た方向に指をさした。

「あっちは武家の屋敷ばかりだけど、どう見ても侍の娘には見えねえな。本当にあっちなのか？」

「うん。ずっとあっち」

「ずっとあっちっていうと、麹町か？」

「………」

「そうか、麹町なんて言ったって分からねえか。よし、おじちゃんが連れてってやろう」

「ううん、一人で帰る」

反対に、大人の怖さも身につけている。出入りする将棋会所では、真剣師たちの鬼気こもる勝負を目にしているからだ。あのときの目の怖さを、お香は前にいる男に見て取った。すると同時に、逃げるようにして、お香は男の前から走り去った。

逃げる幼子を追いかけるのも憚《はばか》られる。猫が秋刀魚《さんま》を盗《と》りはぐれたような、男の無念そうな顔であった。

「……手を握っておけばよかった」

男の呟く声は、むろんお香に届くはずもない。

瞬時にして危うさを察知するところは、お香にはすでに勝負師としての勘が構築されていたのかもしれない。

二

お香は、さらに赤坂の町の奥深くへと入っていく。

黒塀の陰から、きれいに着飾ったお姐《ねえ》さんたちが三人並んで歩いてくるのに目を瞠《みは》る。

それが赤坂芸者とも知らずに、お香は話しかけた。

「お姉ちゃん……」

「あら、なあに?」

芸者三人が、下を向く。だらりの帯と緞子《どんす》の着物で腰が落とせず、立ってお香と向き合った。目と目には二尺の高さの違いがあったが、お香はさっきの男よりずっと安心できた。そして、懐から守り袋を取り出すと、香車を取り出して芸者たちの前に差し出した。

「おねえちゃん、これのあるところ知らない?」

「あれ、将棋の駒じゃない。どうしたのこれ?」

これだけ賑やかな町であったら、将棋会所の一つもあるだろうとお香はそこを尋ねたかったのである。

「そう、将棋をやってるところ」

「姐《ねえ》さん、将棋会所のことを言ってるんじゃない？」

一人の芸者が、少し年増《としま》の芸者に言った。

「将棋会所ねえ。碁会所なら知ってるけど……」

「将棋も囲碁も同じ会所でやってるところがあるけど、そこでもいいかしら」

「いいんじゃないの」

芸者三人の話を、顔を上に向けてお香は聞き入っている。

「だったらお嬢ちゃん……」

ここをああ行って、あそこをこう行ってと芸者は会所の在《あ》り処《か》をお香に授けた。

「どうもありがとう」

どういたしましてという、芸者たちの声を背に聞いてお香は言われたとおりの道をたどった。

しばらく歩くと、五角形の看板がお香の目に飛び込んできた。

「あっ、あそこだ」

五角の形は将棋の駒である。その脇に、白い丸と黒い丸がぶら下がっているが、お香にはそれが何なのか意味が分からずにいた。

将棋さえあればいいと、お香は飛び込むように店の中へと入っていった。

会所には、八人ほどの客がいて昼日中から勝負に興じている。

縁台をまたぎ、二人ずつ四組が向かい合っている。

二組は十九路盤に、白と黒の石を順番に置いて、死ぬの殺すの言っている。端《はた》で聞けば物騒な話である。

お香はそっちのほうに目もくれることなく、もう二組のほうへ顔を向けた。そして、そばまで近づくと勝負の行方をしばらく見やった。

将棋盤に目が釘づけとなっていた男が、脇に立つお香に気づいて話しかけた。

「どうした、お嬢ちゃん。将棋がおもしれえか？」

だみ声であるが、人はよさそうである。

「うん」

お香は大きくうなずいて、ニコリと笑った。

「そうか、そいつはよかった」

まさか、この小さな娘が名人とも称される伊藤現斎の元から逃げ出してきたとは、よもや思えまい。お香の笑顔に、男も笑顔を浮かべて答える。

「おい、早く指せよ」

お香をかまう男に、相方が文句をつけた。劣勢なので機嫌も悪いのであろう。濃い眉毛《まゆげ》をへの字にして言った。

お香は将棋を見ると、いてもたってもいられない。他人《ひと》の指してる将棋に手を出してはいけないという分別はまだなかった。見てるといらいらするとばかりに、とうとうお香は、盤上に小さな手を出してしまった。

「おじちゃん、ここをこうするといいよ」

濃い眉毛の男の手番である。

見るに見かねたお香は、持《も》ち駒《ごま》の歩《ふ》をもつと金《きん》の下に置いた。一番下段に打つ、いわゆる底歩《そこふ》というやつである。この一手で、飛車の横利きは止められ、守りは堅固となる上等な手筋であった。

「何をするんだい、嬢ちゃんは」

と、怒るもののすぐに治まり、対戦する二人の顔がお香に向いた。

「へえ、てえしたもんじゃねえか。俺にゃあ、気づかなかったな、そんな手」

濃い眉毛が言うと、だみ声が答える。

「いや、これでまいったな。攻めが途絶えちまった」

二人の、感心仕切りの声であった。

幼い女の子から妙手を指されては、勝負の興《きよう》も削《そ》がれる。だが、それ一手ではまだ実力のほどは知れないと、男たちは盤面の勝負よりお香に興味をもった。

「お嬢ちゃん、このあとはどう指す？」

だみ声の男が訊いた、そのときであった。

「誰か相手はいねえかい？」

言って会所に入ってきたのは、二十四、五歳にもなる無頼漢《ぶらいかん》漂《ただよ》う男であった。着流しを角帯《かくおび》で締め、頭は野郎髷《やろうまげ》で傾いている。

会所にいる客たちは目を合わせないようにしている。

「やな野郎が来やがったな」

「あんな野郎と将棋をやったら、けつの毛ばまで抜かれちまう。桑原《くわばら》くわばら……」

お香の前での、男たちのひそひそ話であった。

「なんでい、誰もいやしねえんか？　へん、けったくそわりい」

誰からも相手にされず、男はへらず口を叩いたそのとき。

「おい、半次郎《はんじろう》。ここでは、おめえとやりあうやつは一人もいねえよ」

暖簾《のれん》の奥から声を発して出てきたのは、五十歳にもなる恰幅のいい男であった。

「席亭の松五郎《まつごろう》さんよ。少しは肝《きも》っ玉の据わった野郎はいねえんかい、ここには？」

「真剣師はここではやらせねえ。おめえが来るところじゃねえよ」

半次郎と呼ばれた男は、賭け将棋を生業とする真剣師であった。会所に来る客に勝負を挑み、勝ち負けはもちろん、勝負のついたときの手数や最後の持ち駒などで賭け金の相場を決める。運よりも、実力がものをいう博奕なので、弱い素人《しろうと》はたいてい尻込みをして関わろうとはしない。そんな客に因縁をつけ、無理やり引っ張り出そうとするのが、半次郎の目論見《もくろみ》である。同じ真剣師でも、たちのよくない類《たぐい》であった。真剣師同士のやり取りが本来の姿なのである。

「分かったよ。何も賭けなきゃいいんだろ。今日は遊びで打《ぶ》つとすらあ」

将棋を博奕と見てるから、打つという言葉を使う。

「誰か、いねえんかい？」

半次郎が言ったところで、下から袖《そで》を引く者がいる。

「あん？」

訝《いぶか》しげな顔をして、半次郎が下を向くと、まだ年端《としは》どころか子供にもなっていない女児が顔を上にして微笑《ほほえ》んでいる。

「なんだい、おめえは？」

「おじちゃん、あたいと将棋を指す？」

「なんだ、おめえとか？　冗談言うねえ、おめえみてえな餓鬼《がき》と遊んでる閑《ひま》なんかねえよ」

また来らあと引き返そうとする半次郎を、松五郎が止めた。

「ちょっと待て半次郎。この子とだったら、おれんところでやるのも許す。一指し相手にしてみねえか？」

「本気かい、おやっさん」

「ああ、戯言《ざれごと》言ってどうする」

松五郎の目は本気であった。おそらく、底歩の筋を奥から見ていたのだろう。本当の実力を見てみたかったところである。

ここにいる連中で、半次郎に敵《かな》う者はいない。博奕打ちの半次郎が何も賭けない平手でやると言っている。幼女の実力を知るにはもってこいだと松五郎は思った。

「しょうがねえ。おれもたまにゃあ、席亭の言うことを聞いてみるか。しかし、どうもこんな餓鬼じゃあ、気持ちも張りが出ねえな」

「そうか。そしたら今日だけ特別だ。俺から一分《いちぶ》出そうじゃねえか。もし、おめえが負けたら二度とこの店には近寄らねえと約束してくれ」

「ああ、分かったよ。俺がこんな餓鬼に負けるわけねえじゃねえか。馬鹿にするんじゃねえ」

「おじちゃん、早くやろ」

お香は再度、半次郎の袖を引いた。


平べったい黒ずんだ盤に、駒を並べる。

双方駒落ちのない平手であった。お香のほうが年下なので、下手《したて》である玉将をつかむ。お香の小さな指では、歩ならば容易に挟めるが、王様は厚くて重い。なるべく動かしたくない駒であった。

「お願いします」

対戦前の挨拶はちゃんとしろと、親の五平から仕込まれている。

半次郎からの挨拶はなく、いきなり角道《かくみち》を開けた。先手後手《せんてごて》を決めるやり取りもなかった。

「取り決めもしねえで、おめえが先手かい？」

端で見ている松五郎から咎めを受けた。

「勝負を挑んだのはそっちじゃねえか。受けられたほうが先手と決まってるんだ、俺たちの取り決めはな……」

子供相手に剝《む》きになってやがると、松五郎は肚《はら》の中でほくそ笑んだ。

「あたい、どっちでもいい」

と言いながら、お香も角道を開けた。

互いに相矢倉《あいやぐら》という陣形を組む。

いつしか周りには、客たちが自分の将棋や囲碁をほっぽり出して、お香と半次郎の勝負に目を向けている。

「……すげえ手を打ちやがるな」

五歳の子供に目を向けて、松五郎が呟いている。

定石《じょうせき》とは手順が異なるが、すきのない序盤で半次郎の速攻をかいくぐる。手が進み、勝負は天王山といわれる山場に差しかかっていた。さほど暑くない季節なのに、半次郎の額からは汗が滲《にじ》んでいる。

お香は一手指すごとに、上を向き松五郎に笑顔を向ける。五歳のあどけなさに、松五郎もついつい微笑《ほほえ》んでしまう。

カツンと駒音を鳴らして指した手で、半次郎の手は止まった。

博奕打ちの将棋の特徴は、早指しにある。考えさせない間合いで指すのが、相手の調子を狂わす手の内である。いかに自分の土俵で指させるかが、真剣師の技量でもあった。

そんな半次郎が考えている。今まで幾多、半次郎の将棋を見てきた松五郎も、この熟考は久々に見る光景であった。

王様の鼻先に歩がぶら下がっている。金で取れば、香車の串刺しが待っている。かといって、王様が逃げるわけにもいかない。底からの銀打ちが受けのない詰めろとなる。

詰めろとは、次の一手で王様の詰みを見た手である。

半次郎が考えている間、お香は綾取《あやと》りをして遊んでいる。ときどき、松五郎を相手に糸を取り合ってもらっている。その様に、ますます半次郎の血の圧は上がった。顔を真っ赤にして考慮に耽《ふけ》る。

崖っぷちに追い込まれた半次郎は、およそ四半刻《しはんとき》の長考で、歩を金《きん》で払った。こちらのほうが幾らか手数が伸びると判断したからだが、すでに肚の中では負けを覚悟していた。長考は、気持ちを落ち着かせるために取った間のようであった。

――こんな餓鬼に……。

半次郎にとっては屈辱の勝負となった。

半次郎の金矢倉の陣形は、歩と香車の連携でもって脆《もろ》くも崩れ落ちた。

「……まいった」

呟くほどの小さな声で、半次郎は負けを宣言した。持ち駒を盤上に晒《さら》し、負けを態度で示した。会所に入ってきたときの威勢はすでに失われ、肩ががっくりと落ちている。

三

将棋、囲碁には棋譜《きふ》というものがある。手順を残しておくための記録である。

松五郎は、お香にかまう間も手習い草子に棋譜を書き止めておいた。会所の席亭ともなれば、ほどほどの指し手である。

棋譜を目で追いながら、対局のあとを思い浮かべている。

「……すごい子供がいたものだ、ふー」

その指し回しに、一つため息をついて呟いた。

「そうだ、お嬢ちゃんの名は?」

「おきょう……」

「きょうってどんな字を書くんだ？」

言われてお香は、守り袋の駒を差し出した。

「やっぱり決め手は、香車の串刺しだったか」

半次郎との対戦を終えても、周りから去る者はいなかった。半次郎ですら、席を立てずにいる。この幼子の娘が、誰だか知りたいと思うのは普通の考えである。

「おじちゃん……」

お香は、松五郎に話しかけた。

「なんだい？」

「そこに書いたの、ちょうだい」

松五郎の書き留めた棋譜を、お香が望んだ。

「ああ、いいよ。もって行ってお父っつぁんにでも見せるのか？」

言って差し出した棋譜を、お香はつかむと同時にびりびりに引き裂いてしまった。

「おい、何をするんだ？」

せっかくの完勝譜を破るお香に、松五郎は訝しげな顔であった。しかし、その様に何かわけがあるのを感じ取った。

「お香ちゃん、その紙を破ったのには何かわけがあるのかい？」

「うん。お師匠様に叱られるから」

「お師匠様……？　お香ちゃんにはお師匠さんがいるのかい」

「うん、三日前にお弟子になったの。だけど、うちに帰りたくなって……」

逃げ出してきたとは言えず、お香は下を向いた。

なんとなく、次第が分かるような気が松五郎にはしてきた。

「お香ちゃんの家ってどっちのほうだい？」

「ううん……」

問われてお香は首を振った。

「弱ったなこいつは」

「おやっさん、師匠というのを誰か訊《き》いてみちゃ……」

松五郎の首の捻りを見ていた半次郎が口を挟んだ。負けの悔しさは肚の内に沈め、半次郎もお香に興味をもったようだ。

「俺も今そいつを訊いてみようと思ってたところだ。お嬢ちゃんの師匠ってのは、いったい誰なんだい？」

「…………」

数え五歳の子では伊藤現斎という名は言えない。自分の名すら、出すのがようやくである。

「そうか、分からねんか？」

「うん」

叱られると思ったお香は、下を向きながら小さくうなずきを見せた。

「お香ちゃんは、幾つなんだ？」

半次郎から訊かれ、右の手を全部開いて見せた。

「なんだ、五つかよ」

あらためて、五歳の子供に負けた悔しさを半次郎は顔に表した。

「どっちのほうからお香ちゃんは来たんだい？」

方角すら分からぬお香は、会所の中で首を回して四方を眺めた。そして、やはり分からないと首を振る。

「こりゃ、困ったな。家に戻そうにもどうにもならねえな、こりゃ……」

御守《おまも》り以外所持品をもたぬお香に、松五郎が腕を組んで考える。

「お師匠さんに叱られると言ったけど、それはどうしてなのだい？」

しばらく考えても、いい案が浮かばず松五郎は話を元に戻した。

「賭け将棋をしたから」

「賭け将棋……そんな言葉を知ってるのかい？」

「うん。勝ってもお銭《ぜぜ》をもらっちゃいけないの。お師匠様に言われました」

棋譜を破ったのは、その証《あかし》が残るためだと松五郎は取った。

「たった五歳の子がそこまで先を読み通せるってのは、とんでもねえ才気だな。これじゃ、半次郎だって敵わねえはずだ」

「さいでやすねえ……」

半次郎だって素人将棋ではかなりの指し手である。松五郎にそう言わしめるお香の才能は、いかばかりであろうか。

「ちょっと待てよ……」

松五郎は、思い当たる節があって再び腕を組んだ。

「お香ちゃんは、お濠端を歩いて来なかったか？」

「おほりばたって？」

「水がたくさん張ってある、そうだな川みたいなものだ」

「うん。白い鳥が泳いでいたよ」

お香の答で、濠端を歩いて来たのは知れた。

「となると、もしや……」

「何がもしやなんです、席亭？」

「こりゃ半次郎、おめえ大変な子供と手合いをしたみてえだな。だったら、賭け将棋などもってのほかだ。俺も迂闊《うかつ》だった」

「何をぶつぶつ言ってるんです、席亭？」

迂闊だったと自省する松五郎に、半次郎が問うた。

「いや、この子はな、伊藤現斎先生の内弟子かもしれねえ。ああ、もしかしたらだがな」

「伊藤現斎……って、あの名人といわれる？」

将棋指しならば、誰もが知っている名前である。

伊藤家といえば大橋《おおはし》本家、大橋分家と並び称される将棋三家の家元の一つである。現斎はその家系にあたり、伊藤の分家として一派を上げた家元の創始者であった。

「まさか、あの伊藤現斎ですかい？」

半信半疑の声なのは、伊藤現斎はやたらめったら弟子《でし》を取らない主義で有名であったからだ。そんな現斎が、もしにもこんな子供を弟子にするとは、お香のもつ才能がやはりただ者ではないと感じたからだろう。

「お香ちゃんは、伊藤現斎って名を聞いたことがあるかい？」

「うん。お父《とう》から聞いた。あたいのお師匠様……」

「やはりだぜ。こいつは驚いた」

取り巻いた連中が、互いに驚いた顔を見合わせる。

「棋譜を破いたのは、賭け将棋ってだけではないな。内弟子は素人とは指してはいけねえってのが家元の規律だ。半次郎も、きょうこの子と指したことは内緒にしておけよ」

「ああ、絶対に言わねえ。しかも、いくら名人の弟子だとしても、子供に負けたとあっちゃあ……」

みっともなくて言えねえと、言おうとしたところで松五郎が言葉を被《かぶ》せた。

「いや、今のおめえなら角落ちだって敵わねえだろう」

松五郎に言われて半次郎は、上には上がいるものだと、高くなった鼻がへし折られる心持ちとなった。

「ああ、席亭。俺もこれからは少し心を入れ替えますぜ」

お香の将棋は、男一人の心根《こころね》を揺さぶったようだ。

「伊藤現斎先生のところなら、麹町だ。たしか、四谷《よつや》御門から内藤新宿に向かう道にあると聞いたことがある。誰か、連れてってやっちゃくれねえか？」

「だったら、俺が一緒に行ってやら」

松五郎の呼びかけに、即座に応じたのは半次郎であった。

「それじゃ、お香ちゃん行くとするか？」

お香は、父親と母親のいる家に戻りたいものの、現斎の下で我慢ができる気持ちになっていた。

――やはり、将棋も楽しい。

「うん」

にっこり笑って、お香は半次郎に手をつながれた。

昨日の敵は今日の友という心境か、会所から二人一緒に出ていくうしろ姿を、松五郎と客たちは、明日の女名人を期待する目で見送った。

お香は無事に伊藤現斎の家に届けられ、やさしく受け入れられる。

「それじゃお香ちゃん、しっかりやれな」

「うん、ありがとう」

お香の明るい顔であり、声であった。

その様子を見て安心した半次郎は、お香に別れを告げた。

四

「おい、お香。おまえの番だぞ……」

ぼんやりと、昔のことを考えていたお香に、梅白の声がかかった。

「あっ、ごめんなさい」

言われてお香は、盤面に目を向けた。いつの間にか、お香の陣地から王様がなくなっている。

「あれ？……王様がない」

おかしいと思って膝元を探すが、落ちてはいない。

「お香の王様ならここにあるぞ」

にこにこと顔面一杯に皺を作りながら、梅白が自分の駒台を指さした。駒台の上に、持ち駒である王将がぽつんと一つ置いてある。普通、王将はそんなところに置かないものだ。お香は不思議そうな目を駒台に向けた。

「どうしてそこに……？」

あるのかと、お香は首を捻《ひね》って梅白に訊いた。

「わしが王手と言っても逃げぬからだ。歩を一番下の変なところに置いただろう」

そういえば、幼きときのことを考えている間に一手指した覚えがある。心あらずで何を動かしたか定かではなかった。王手になっているのも気に入らず、おそらくそのときに、底歩のことでも考えていたのかもしれない。

お香が、伊藤現斎の弟子になった五歳のときより、初めて素人に負けた一番となった。

「どうやら、わしの勝ちのようだな。これは心地よい……」

鬼の首でも取ったような高笑いが、屋敷の中に鳴り響いた。

「おい、竜さんに虎さん、見たか。わしはお香に初めて勝ったぞ」

「はあ、そのようで」

「お香が、ぼんやりしていたすきに乗じてですけど……」

竜之進に虎八郎が交互に答える。

「そんなことはどうだっていい、勝ちは勝ちだ。負け惜しみは聞かぬぞ」

「はい、たしかに負けました」

言ってお香は、いさぎよく負けの宣言をした。屈辱というよりも、どうでもいい敗戦であった。別に悔しくもなければ、なんでもない。勝っても負けても、痛みのない遊びの勝負である。むしろ、たまには喜ばせてあげなくてはとの配慮として、お香はとらえていた。

「しかし、お香と将棋を指すのは楽しいのう」

白髪頭と白髭を揺らし、またも梅白は高笑いを発した。

こんなに喜ぶなら、たまには負けてやるか。と、そのときお香は勝負師にあらぬ感慨を抱いた。

「よし、もう一指しご指導願いたい」

梅白が勝ちに乗じて、五度目の指南の対局を乞うた。


梅白とお香が知り合ったのは、今からほんの三日前のことである。

お香と知り合い本将棋を久しぶりに指したのだが、梅白の以前の暮らしは、それは退屈に尽きる一言であった。

三十九歳で隠居となり、千駄木は団子坂にある庵《いおり》風の趣がある寮に住みつくことになった。下男下女を数人置いて身の周りの世話をさせるも、毎日が読書と近在の散歩だけでは生活に味わいがない。

若いころに剣術で鍛えた体もいつしか鈍《なま》り、そのうちに腹も出っ張ってきて、若きころの凜々《りり》しき姿は、見る影もなくなっていた。

このままいたずらに齢を重ね、この先、生涯打ち震える感動に出合うことなく、萎《しお》れ果てていくのかと思うと、堪らなく焦燥を感じていたのであった。しかし、世の中に積極的に打って出る性格ではない梅白には、ただ静かに歳月が流れるだけであった。

頭髪から髭まで真っ白くなった梅白に、ときの流れが見て取れる。

とくに大病に罹《かか》ることもなく、すこぶる御健体とかかりつけの医者から言われ、足腰も傾斜のきつい団子坂を行ったり来たりできるほど達者であった。

体はまだ丈夫であるが、気持ちのほうがかなり衰えてきていると自覚したとき、これではいかんと自らに勘気《かんき》を促したのは、梅白が六十歳の還暦を迎えたときであった。

いろいろと考えて、梅白はあることを思いついた。

水戸徳川家の家臣で、佐藤監物《さとうけんもつ》と森脇左馬助《もりわきさまのすけ》という江戸勤番の藩士がいた。ともにすでに隠居の身となり、家督を長男に渡したがそれぞれには次男、三男の冷やめし食いがいた。

「――すまぬがそちらの倅《せがれ》たちを、わしの警護役として遣わしてくれぬか。これからは世のため人のために、わしも世の中に出ていかねばならぬからの」

一大決心をして、そのとき名指しをしたのが、佐藤竜之進と森脇虎八郎であった。

この二十四歳になる若者二人に白羽《しらは》の矢をたて、梅白はその親たちに懇願をした。

二人とも切磋琢磨し、根津の町道場で剣術の腕を磨いてきた男たちである。警護役としては申し分ないし、体を動かす相手としてもちょうどいい。そして何より、若い力を注がれる気がして、若返る気分になれる。

「梅白様がお望みならば、ふつつかな倅ですがよろしくお頼み申し上げます」

佐藤監物と森脇左馬助から、同音の返事をきいて竜之進と虎八郎の身の振り方が決まった。

「――なんで俺があんな爺さんの相手をしなくちゃいけねんだよ」

白羽の矢をたてられた竜之進と虎八郎は、それぞれの親に向かい、同音の言葉を発して食ってかかった。

「そこは我慢してくれ。おそらく曾祖父であった光圀公の向こうを張ってそちたちを望んだのだろうが、どうせ年寄りの冷や水だ、いっときの戯言ですぐにお役ご免になるさ。それまでの辛抱と思って……」

親たちからそう言い含められれば、それ以上いやとは言えない。そんな親子のやり取りをおくびにも出さず、佐藤竜之進と森脇虎八郎はいっときの辛抱だと、自らに言い聞かせて梅白の側人となったのであった。

「おお、竜虎がわしの身を守ってくれる。これは心強いものだ」
わっはは と高笑いを発して、梅白は千駄木の寮に二人を迎えたのであった。

それから三年が経つものの、いたずらに齢だけを重ね、真情として身に言い聞かせた世のため人のためになることは、まだ一つも成した覚えはなかった。

藜《あかざ》の杖を両脚の助《すけ》とし、黄色を濃くした櫨染色《はじぞめ》の小袖を着、その上に紫紺色の片袖を羽織る。下は茄子紺《なすこん》色の伊賀袴《いがばかま》で足の運びをよくする。

その出で立ちで、ただ闇雲に竜之進と虎八郎という二人の供侍を引き連れては、近在の名所旧跡を訪ねて悦に興じるのが、毎日の日課であった。

「――こんなことばかりしていても、つまらぬのう」

ぶらぶらと歩いていても、めったに事件などというのに遭遇するものではない。

「悪人を懲らしめてやろうと思ってるのだが、なかなか思うようにはいかんのう」

「ご隠居。そういう言い方をなされますと、何か事件が起きることを望んでいるように取られますぞ」

竜之進に諫《いさ》められる始末であった。

いっときのお役であると、親から言い含められて早三年。佐藤竜之進と森脇虎八郎もいい齢の二十七歳となった。しかし、未だお役ご免とはなっていない。

血気盛んなこのときを、今日も梅白のお供でぶらぶらと歩く。

「今日は少し遠出をして、湯島天神の梅でも愛でに行こうか」

「よろしいですな、ご隠居」

幾分下膨れで、丸めの顔の竜之進が、笑顔を浮かべて梅白に答えた。

「ご隠居。天神坂下にある茶屋の、梅茶漬けがおいしくあらせられますぞ」

幾分顎のえらが張って、四角い顔の虎八郎が、梅白に提言をする。

「よし、それを食しに行くといたしますか。竜さん、虎さんついて来なさい」

「はっ」

退屈ではあるが、考えようによってはこんな楽な仕事はない。小普請組の旗本のように、何もしないでぶらぶらするよりはるかにましだと、竜之進と虎八郎はとらえるようになっていた。

それなりの禄も与えられ、食道楽の梅白についていれば、いつでも旨いものが食せる。対人関係の煩《わずら》わしさもなければ、骨が折れるといった仕事があるわけでもない。出世さえ望まなければ、これほどいい仕事はないと、ぬるま湯にとっぷりと浸かった環境に、竜之進と虎八郎は、すっかりと満足していたのである。

ただ一つ欲をかけば、梅白はすこぶる真面目《まじめ》で品行方正である。それが、若い二人にとっては退屈で、面白味に欠けていた。少しぐらい、羽目を外してもらったほうがちょうどいい。しかし、それは贅沢すぎると竜之進と虎八郎は、心の内に隠すのであった。

湯島天神の梅を見に行こうと、団子坂の寮を出たのが寛政三年、春まだ浅い如月《きさらぎ》四日の昼前のことであった。大安吉日のその日が、梅白と側人二人の生活を一変させる日となるのだが、千駄木をあとにしたときの三人に気がつこうはずもない。

湯島天神へのお参りで、老体に三十八段の男坂はきついと、北側の切り通しの坂を上ることにした。こちらも急な勾配ではあるが、梅白は藜の杖を頼りにどうにか登りきることができた。

やれやれと言いながら、西の鳥居を潜《くぐ》りおよそ二十間ある参道の石畳を歩いて、天神様の境内へと足を踏み入れた。

菅原道真《すがわらみちざね》公を祀る本堂に拝礼したあと三人は、手水舎《ちょうずや》の裏を通り梅園へと赴いた。

白梅紅梅に目を奪われながら、どこで啼いているか鶯の声を聞く。

――ホーッホケキョ　ケキョケキョケキョ　ホーホケキョ。

「なかなかおつなものでございますなあ、ご隠居」

「おや、虎さんにはこの風流がお分かりかな？」

「分かりますとも……」

馬鹿にするなといった目で、虎八郎は梅白を見やる。

「これが花鳥風月というもの。耳を澄ませてよくお聞きなされ」

——ホーッホケキョ。

「風流じゃのう……」

粋人を気取る梅白の耳に、再び鶯の声が入った。

「どこにおりますかな、ご隠居。鶯のやつ……」

梅白と虎八郎は、梅園に数十株植わる梅の木を見渡すも、鶯の姿は目にすることができない。

園の中ほどで、竜之進が一人離れて梅を見ている。

「何をしておるのだ、竜さんはあんなところで？」

目を細めながら、梅白が十間ほど離れた竜之進を見ている。

「はて、なんでございましょう……」

おい竜さん、と虎八郎が声をかけようとしたところで、またも鶯の声が聞こえてきた。

「おや、あの啼き声は……？」

竜之進のいる近くから三度鶯の声が聞こえてきて、梅白は怪訝に思った。

やがて――。

「いかがです、ご隠居。鶯の啼き声は？」

言って近づいてきたのは、竜之進であった。訝しげな梅白の目が、竜之進に向けられている。

「手前は鶯の啼き声だけは子供のころから上手だと、母親に褒められてました。梅園の中ほどで啼けば、本物の鶯がやってくるかと思いまして」

梅白と虎八郎の二人はその後鶯の話を一切口にすることなく、黙って梅園をあとにするのであった。

「おや、どちらに行かれるのですか？」

何も語らずにさっさと梅園から出ていこうとする二人を、竜之進は慌てて追った。

五

東側にある男坂の急な階段を下るのは危ないと、境内から巻き込むようになだらかに下る女坂の階段で坂下町にある、梅茶漬けの旨い茶屋に三人は足を向けた。

「腹もちょうどいい具合に空いて、さぞかし昼めしも旨いでしょうな、ご隠居」

「うん、楽しみじゃのう。梅茶漬け……」

竜之進が腹をさすりながらの言葉を聞いて、口の中にすっぱい味が広がる梅白が、目を細めて返した。

虎八郎が案内すると、梅茶漬けの旨い茶屋に向かって一足先を歩いている。しばらくして、虎八郎の様子がおかしいのが、うしろから見ていても分かる。右に左に首を振りながら歩いている。

「……おかしいな？」

虎八郎の呟く声は、うしろにいる二人には届きはしない。

すでに町内を二、三周している。同じ景色を二、三度目にして竜之進は訝しく思った。

「おい、どうしたんだい？」

竜之進が語りかけても振り向きもせず、相変わらず首を振って歩いている。やがて、虎八郎の足が止まった。

「おかしいな？　このあたりにあったのだが……」

居酒屋あかべえと赤提灯に書かれた店の前に立って、虎八郎は首を傾げた。

「どうした、虎さん？　茶屋ではないではないか」

三人がつっ立つ背中を、五十歳にもなる職人が通り過ぎようとしていた。

「すいません、ちょっとものを尋ねますが……」

「なんですかい？」

「この店は以前……」

「ああ、茶漬けの旨い店だったが二年ほど前《めえ》に引っ越しちまったよ」

「……二年前？」

「ああ、客が入りきれねえほど繁盛したってんで、今は広小路のほうででかい店をかまえてら。お梅茶屋っていう店だから、行きゃあすぐ分かるぜ」

どうもすまないと、礼をいう閑もなく職人は気ぜわしそうに去っていった。

「下谷《したや》広小路ならば近いですな。行かれますか、ご隠居？」

「もちろんだとも」

老体の体を気遣い虎八郎が問うたが、梅白は大きくうなずいて答えた。

下谷広小路は、そこから三町ほどのところである。両国広小路、浅草広小路と並び称されるほど、江戸でも屈指の繁華街であった。

道幅二十間と広い通りの両側には、幾多の茶屋や出店《でだな》が軒を並べ、往来を行く客の来訪を待ち受けている。将軍家の菩提寺である東叡山寛永寺《とうえいざんかんえいじ》に通じる、御成道《おなりみち》でもあった。

「おお、いつ来ても賑やかであるのう、下谷広小路は。まるで、祭りのようじゃ」

日和《ひより》もよく、この日はことさら人の出が多いようである。通りは縁日のごとく、大勢の人でごった返していた。

「ご隠居、はぐれませぬよう……」

「何を申すか、虎八郎は」

年寄りだと思って馬鹿にするなと、梅白のいかつく目が虎八郎に向いた。

――おや？

血気が甦《よみがえ》ってきているのか、このごろ梅白の眼光が鋭くなってきていると、虎八郎は目を見て思った。

「まあ、腹が空きました。とりあえず、お梅茶屋を探そうではありませぬか」

竜之進が腹をさすって、梅白に進言した。

三人は今、下谷広小路の南端、上野新黒門町《くろもんちょう》の番屋の前に立っている。お梅茶屋に行くには、そこから北に向かえばよいのだが、道のどちら側にあるのか分からない。

竜之介は東側を見て歩き、虎八郎は西側を見て歩くことにした。梅白は、真っ直ぐ前を見据えて歩く。

不忍池《しのばずのいけ》から流れ出た忍川《しのぶがわ》に架かる『三橋《みはし》』までの三町ほどが、下谷広小路である。

「ありませぬな」

二町ほど歩いても、お梅茶屋の看板を目にすることはなかった。

三橋までは残すところ、あと一町。道幅も、さらに広くなってきている。

「どうだ、あったか？」

左を向いて歩く虎八郎が、右を向いて歩く竜之進に歩きながら声をかけた。

「今のところこっち側にはないな」

梅白を真ん中にして、三人はとうとう三橋まで来てしまった。三つある真ん中の橋は、将軍家の御成道で、渡ることはできない。

「もう少し先に行ってみましょうか？」

「いや、もういい」

西側の橋に虎八郎が足をかけようとしたところで、梅白が止めた。

梅白にしても、水戸徳川家の出。末裔であっても、寛永寺との関わりがないわけではない。寛永寺の山門である、黒門を見れば引き返すわけもいかなくなる。そこに煩わしさを感じて、梅白は引き返すことにした。

その先にお梅茶屋はなかろうと言って、心の内を語ることはなかった。

「かしこまりました、ご隠居」

二人の付き人の返事を聞いて、梅白は踵を返した。

「ご隠居、いかがいたしまする？」

「いかがするとは、どういうことだね、竜さん？」

「千駄木に戻るには、池之端から不忍池を回り込めば近いでありまする。その途中にも、昼めしを食するところが……」

「いや、せっかくここまで来たのだ。ならば、どうしてもお梅茶屋の梅茶漬けが食したいものよ」

意外と執念深い、梅白の性格が垣間見える。

「この喧騒では、どちらかが見逃したかもしれん。もう一度探してみようではないか、竜さん」

梅白の願いをかなえてやろうと、虎八郎は竜之進に考えを示した。

「そうだな」

「ならば、さてとまいろうか」

すたすたと、梅白が足取り軽く歩きはじめた。

「なんだかご隠居、このごろやけに潑剌としてないか？」

一間先を歩く梅白の背中を見ながら、虎八郎が竜之進に話しかけた。

「そうだな。虎さんもそう思ってたか？」

「ああ、先ほどもご隠居の鋭い眼差しを見て、ふと思ったところだ」

「なるほどなあ。こいつはこの先、何か起こりそうな気がしてきたな」

「俺たちも、忙しくなるかもしれん」

「ああ、そうだな」

そんな予感がして、二人の顔に不敵な笑みが浮かんだ。

今度は竜之進が西側を、虎八郎が東側を見て歩く。

正午を報せる鐘の音を聞いて久しい。昼下がりも九ツ半を過ぎればさすがに、空腹の度合いは増してくる。

そして、広小路も中ほどに来たところであった。

少し前を歩いていた梅白が、立ち止まって前を見据えている。

「いかがなされました、ご隠居？」

急に止まった梅白の、右手に立つ竜之進が訊いた。

「あれをご覧なさい、竜さん虎さん」

言って藜の杖の先端が指す先の道端に、人の塊《かたまり》ができている。何ごとに関しても、好奇心旺盛な梅白である。

「何をしているのでしょうな？　行ってみましょう」

梅白から言われれば、いやとは言えない。空腹はさて置いて、従わざるをえない二人であった。

人の塊は、何かを取り囲んで見ているようだ。

「大道芸のようでございますな」

「駒回しであろうかのう？」

「いや、何かのたたき売りでは……？」

三様の思いを抱いて、人の輪に近づいた。

思いは外れ、見たこともないような光景を三人は目に入れていた。

二尺ほどの高さがある台を挟んで、無精髭を生やした男と、二十二歳ほどの商家の手代と思える若者が、真剣な顔をして向かい合っている。

男同士の喧嘩だと思っていたがそうではなさそうだ。だが、周りにいた野次馬たちは、誰一人立ち去ろうともしない。梅白たちも割り込んでその中に交じる。

台の上には盤があり、将棋の駒が幾つか並べられている。

「あれは詰め将棋というやつだな」

梅白は、駒の動かし方ぐらいは分かるものの、ほとんど本将棋というものを指したことはない。竜之進と虎八郎においては、駒の配置すら知らない。

梅白たち三人の間では、本将棋を指すことはないが、廻り将棋とかお金将棋というのはよくやるところである。雨などが降って出かけられず、閑なときなどは下男たちを集めて、将棋を使っての小博奕に明け暮れている。

だが、今目にしているのは、詰め将棋である。本将棋に興味のない三人には、無縁のものであった。

「ご隠居、見ていても分かりませんから行きましょう」

虎八郎が、梅白の袖を引いた。それよりも腹が減って、気持ちが悪くなってきている。早いところ昼めしにありつきたいというのが気持ちの先だ。

六

「おい、あんちゃん。どうやら詰め損なったようだな」

髭面の男が、声音《こわね》を落として凄みを利かせた。その豹変振りに、梅白の足は釘づけとなっていた。

「もう少し成り行きを見ていきましょう」

虎八郎がもつ袖を振りほどき、梅白は小声で言った。しょうがないと思いながらも、ここも従わざるをえない。

「詰め損なった場合は……」

髭面の男の言い分に、若いほうの男の顔が青みを増してきている。

「そこに、断り書きが貼ってあるだろう？　あんちゃんは、頭のよさそうな面《つら》をしてっからそのぐれえは読めるだろうよ。最初になんて書いてある……ああーん、声を出して読んでみねえか」

「壱。勝ち負けかかわらず、手合い料として一分……」

　若者は声を出して読みはじめた。顔は幾分青ざめてきている。

「そうだいな。これは博奕じゃねえぞ。あくまでも手合い料だから、仕方ねえだろ。それだけじゃねえぞ、次を読んでみな」

「弐。一手につき二十文……」

　声にも震えがあった。

「そりゃそうだいな。あんちゃんは、十二手目まで指し十三手目俺に王様を取られたから、それだけで二百六十文ってことになるな。だったら、次……」

「参。王様が取られた場合は、一両……」

　読む声は、涙声となっている。

「ああ、そうだ。詰め将棋だってのに、なんで自分のほうに王様があるのか気づかねえあんちゃんのほうが悪い。次……」

　覚書にはまだ項目があった
「四。詰め将棋の答を解いた場合は、その教え賃として二両……嗚呼《ああ》」

　呻き声が出て、若者はとうとう地べたに崩れ落ちた。

「ああ、あんちゃんのほうから答を教えてくれって言うから、最後まで指したんだ。二十五手詰めの詰め将棋の答なんて、なかなか教えられねえぞ」

勝手な理屈をつけて、髭面は地べたにへたる若い男を追い込んだ。

「都合三両一分と二百四十文だいなあ。まあ、きょうのところはここにいるみなさんに免じて、このぐれえで勘弁してやらあ」

ちょこっと大道のいんちき賭博に手を出したおかげで、若者はとんだ散財を迫られることになった。

「そんなにはもってませんよ」

三両一分とおよそ一朱を突きつけられ、若者は途方に暮れている。蚊の鳴くような声で勘弁を願い出た。

「なんだと、もってねえだと！」

顔面蒼白になった若者に、髭面の口がさらに強靭さを増す。

「これは、兄さんが悪いな。そこにある貼紙をよく読まねえのがいけねえ」

「そういうことになるわなあ……」

野次馬の中から、数人髭面のほうの肩をもつ。明らかにぐるであることが端でも分かる。難を被ってはいけないと、ほかの野次馬はすでにほとんどいなくなっていた。周りに残るのは、髭面の仲間たちと当の若者、そして梅白たち三人だけとなった。

「そんな阿漕《あこぎ》なまねをしおって……」

いてもたっても堪らず、梅白が口を出した。

「なんだと、爺《じじ》い。痛えめに遭いたくなかったら、すっこんでろい」

凄みを利かせたのは、髭面の男ではなく野次馬に交じっていた無頼《ぶらい》風の男であった。

これで、仲間であることが知れる。

「なあ、あんちゃんよ……」

髭面の男が若者に向いたところであった。

「ちょっと待ちなさいよ」

ここでしゃしゃり出てきたのは、齢は十八にもなろうかという、若い娘であった。

「なんだてめえは？　なんだい小娘じゃねえか。ねえちゃんの出る幕じゃねえから、あっちに行ってな」

しっしっと、犬猫を追いやるように娘を追い払う。

「そこの髭のおじさん。だったらあたしと勝負してみない。ああ、詰め将棋を解こうと言ってんだがね」

「なんだと、おめえがか？」

「そうだよ。あたしが詰め将棋を解いたら、この人の負けは帳消し。もし、解けなかったら、あたしの負けを含めて全部払おうじゃないかい」

「なんだおめえ、頭が……」

「いかれてなんか、いないさ。さあ、やるんかい、やらないんかいはっきりしてもらおうじゃないかね」

娘の顔にはまだあどけなさが残るが、芯には強いものがありそうだ。相手を睨む顔は迫力ないが、言葉は御侠そのものである。強い口調で娘は啖呵《たんか》を切った。

こうなると、梅白たち三人も立ち去るわけにもいかない。この顚末《てんまつ》がどうなるか、空腹を我慢して見ていることにした。

――これは面白いことになりそうだのう。

肚に思っても口には出さず、梅白は興味津々《しんしん》の目を向けている。目の前に出てきた娘は、梅白たち三人にとって何かを感じさせる息吹《いぶき》であった。

「おめえ、さっきの詰め将棋の答を見てやがったんだろう？　それじゃあ、こっちが不利ってもんだ」

「見てやしないよ。今来たところだがね。大道の詰め将棋に引っかかって……なんて人が話してたから、ちょいとのぞいてみたんさ。まあ、別の手題があったらそれでもいいよ」

詰め将棋の二十五手詰めというのは、素人ではなかなか解けるものではない。玄人《くろうと》にしても相当に手を焼く難題である。しかも、自陣に王将がある詰め将棋は、とくに解くのが難しいとされる。

「分かったい。だったら、こいつでどうだ？」

髭面が言って、盤に駒を配置する。

「おじさん、こんな詰め将棋を誰に習ったの？」

解くのも難しいってのに、詰め将棋は手題を作るほうが余計に難しいとされる。とても目の前にいる無頼の髭面が作れるはずもない。だが、多少将棋をかじった者ならば、答を暗記することぐらいはできる。

「誰だって、いいじゃねえか。どうだ、こいつを解いてみちゃくれねえかい」

言って髭面の奥に、不敵な笑いを込めた。取り巻きは三人いる。その男たちも、顎に手をあて、にんまりと娘の様子を見ている。

娘はしばらく考えながら盤面に目を向けていると、ようやく一手目を指した。持ち駒の角を手に取り、斜交《はすか》いから王手をかける。

「おう、一手目は当たってるな」

難題の余裕からか、髭面は初手の正解を口に出した。

その後、王手をかけては逃げの繰り返しで、二十五手目を娘が指した。

「うっ」

と、髭面から苦渋の声が漏れる。

——この問題で、今までここまで指せた奴はいねえ。いや、この先は俺もどう指すか忘れた。

こんな小娘がここまで指すとは思ってなかった髭面の顔面からは、油汗が滲んでいる。それが髭を濡らし黒髭がてかりをもった。

「おじさん、王手だよ。まさか、この先を忘れたってんじゃないだろうね」

手の止まった髭面の胴元に、娘の辛辣な言葉が飛んだ。

「あと、十二手先でこの将棋は詰むから……」

男が娘に対して出したのは、三十七手詰めの手題であった。

娘は、すべてを読みきったとばかり胴元の肚を鋭い言葉でえぐった。

満足に将棋を知らない梅白、そして竜之進と虎八郎も、このやり取りに巻き込まれ、固唾《かたず》を呑んで見やっている。

「……どうやって逃げたっけかな?」

その先の手を忘れた髭面は、迷った挙句《あげく》に二十六手目を指した。

「うん、正解」

　立場は完全に逆となっている。

　そして、三手進んで三十手目であった。王将が一路左に間違えて逃げた。そこは、最下段から香車が利いている。お香は、すかさず香車を王将の上に乗せた。

「はい、王様が取られておしまい」

　娘の勝利であった。

「そのあとは、こうきてああきてこうなるの。それで、三十七手詰め。分かったおじさん？」

「…………」

　二の句がつげず、髭面はただ娘を見やるだけであった。すると、娘の小首が幾分傾きをもった。

「あれ、何この覚書？」

　言って娘は、覚書を読み出した。

「壱……手合い料は一分？　だったら、一分ちょうだい」

　娘は手を出して、手合い料を要求した。

「弐は一手につき二十文か。すると、三十手だから、六百文ね……」

娘は項目参と四を読み、さらに三両を上乗せさせた。

「まあ、都合三両と一分二朱で勘弁してあげる。このお兄さんの分を差っ引いて、一朱ちょうだい」

にんまりと笑って娘は髭面に向けて手を差し出した。手代風の男は、怯える様子で娘のうしろに控えている。

「勘弁ならねえのは、こっちだい。おい、野郎ども。この小娘を……」

やっちまえと、卑怯にも髭面は取り巻き三人を、娘に対してけしかけた。

「おい、ねえちゃん。往来ではなんだ、こっちに来て……」

「おまえさんがた、大の男四人でこの娘さんをどうしようというのだね？」

力ずくで娘を路地裏に引きずり込もうとする無頼たちを、梅白が止めた。

「うるせい、爺いはすっこんでろってのが、分からねえんか？　しょうがねえ、この爺いたちもついでだ。ちょっくら痛めつけてやれ」

髭面の男は、兄貴格でもあるようだ。言われて、弟分の男たちはとうとう懐から光るものを抜いて、脅しにかかった。

遠巻きに野次馬が取り囲んで、この成り行きを見ている。もとより人通りの多い広小路である。人の輪は、五重にも六重にも達していた。

「往来であるも仕方ありません。竜さん虎さん、懲らしめてやりなさい」

「かしこまりました、ご隠居」

竜之進、虎八郎の出で立ちは、唐桟《とうざん》の着流しに角帯の遊び人にも見える恰好である。腰に刀は差してはいない。

「何を言ってやがるすっとこどっこい。まずは、こいつらからやっちめえ」

相手が丸腰なので、無頼たちも威勢がいい。しかし、元気がいいのもここまでであった。

やっちめえと言われ、弟分の三人は抜いた九寸五分の切先を、梅白を守るようにして前に立つ竜之進、虎八郎に向けた。

二人は、これから一気に襲ってくるだろう匕首《あいくち》の刃に備え、体を半身にして身構えた。

「えいえい……」

「やあやあ……」

しかし、腰が引け匕首をぶらぶらさせるだけで、一向にかかってこようとはしない。それだけ竜之進、虎八郎の構えにすきのなさを感じているのだろう。

「しょうがない、こちらから打って出るか」

言って竜之進はポキポキと両の指を鳴らした。虎八郎も倣《なら》って指を鳴らす。

周囲は野次馬に囲まれているものの、みな息を殺してこの成り行きを見つめている。

もの音一つない、しんとした緊迫の中で指の鳴る音がやけに甲高く聞こえた。

七

このすきにと、娘と若い手代風は無頼たちの手から逃れると、梅白のうしろに回り込んだ。竜之進、虎八郎が指を鳴らして攻めようとするも、娘たちに危害があってはまずいと、なかなか攻撃を仕掛けることができなかったのだ。これで、心おきなく先制を繰り出すことができる。

「久しぶりで、腕が鳴るな竜さん」

「ああ、こんな蛆虫《うじむし》どもを退治できて、ようやく世のため人のために役立つことができる」

「何をごちゃごちゃと能書きを言ってやがる。おめえら、はええとこ、やっちめえよ」

弟分の一人が、髭面男にうしろからどんと背中を叩かれたのがきっかけであった。

腰に匕首をあてて構えたまま押し出された。攻撃を仕掛けようとかかって来たのではない。押された弾みで進み出た男の脛《すね》を、虎八郎が蹴り上げる。男は堪らず空中で一回転する蜻蛉《とんぼ》返りをして地面に落ち、しこたま腰を打って動けなくなった。

仲間の呻き声を聞いて、さらに尻込みする弟分二人に対しては竜之進、虎八郎から打って出た。竜之進の素手は、男の鳩尾《みぞおち》をえぐり、虎八郎の鉄拳はもう一人の男の顔面をとらえていた。ともに、一発見舞っただけで往来をもんどりうつ。

今度はおまえだと、竜之進と虎八郎は並んで髭面の前に立った。

「かっ、勘弁してくれ……」

このとおりだと言って、髭面はだらしなくも地面にひれ伏した。

「兄貴分のてめえだけ、痛い思いをしないですむと思ってるのか。この、大馬鹿野郎！」

うしろからしゃしゃり出た、甲高い声での娘の啖呵であった。髭面に向かって、頭ごなしに罵声《ばせい》を飛ばす。

あんな可愛い顔をして、どこからこんな伝法《でんぽう》な言葉が飛び出すのだろうと、梅白は呆気《あっけ》にとられた思いで娘を見やった。

「あたしにも、一発ぶたせておくれな。将棋をこんな汚いことで使いやがって、もう勘弁できない」

言って娘は小さな拳を作り、男の面に当てようとしたところであった。

「娘さん、もう……」

いいでしょうと言って、梅白が止めに入ろうとしたところでうしろから声がかかった。

「ちょいと待ちな。娘さんがそんなことをしちゃあ、いけねえ」

梅白の台詞を止めたのは、髷《まげ》を小銀杏《こいちょう》で結った町方同心であった。黒の紋付き羽織をまとい、手には朱房《しゅぶさ》のついた十手《じって》を手にしている。

「騒ぎは見ていた。こっからは、こっちに任せてくんな。ああ、あとでこいつにも痛いのを見舞っとくから、娘さんは手を出さねえほうがいい。ええ、将棋が強そうだがその手は駒を指すのに使いな。こんな野郎をぶん殴って、手を汚さねえほうがいいやな」

定町廻り《じょうまちまわ》同心に止められ、娘は握る拳を開いた。

決めのいいところを町方同心にもっていかれた梅白は、顎鬚《あごひげ》の上にある口をへの字に曲げた。

「おい、こいつらをしょっ引きな」

「へい、かしこまりやした。笹川《ささがわ》の旦那……」

同心のうしろには、岡っ引きとその手下《てか》らしき男が二人控えている。地べたにへたり込む無頼たち四人を、手際よく早縄で縛ると腰を上げさせた。

「さあ、番屋まで来やがれ」

岡っ引きに背中を叩かれ、髭面たち四人はよろめくように歩きはじめた。

「娘さんとそこにいる兄さん、そして爺さんたち……」

「爺さんとは、なんという言い草」

「まあまあ、虎さん……」

同心のもの言いにいきり立つ虎八郎を、梅白が制した。

「お役人様、わしらをどうしようと言うのかね」

「この件で訊きたいことがあるので、番屋までご同行願いたい」

同心の言葉は命令口調から一転した。

「よろしいでしょう」

梅白は、退屈な毎日にちょっとした変化が起こりつつあるのを、このとき肌で感じ取っていた。すぐ目の前にいる娘に、その気配を見て取るのであった。

「お嬢さん、名はなんていう？」

「きょう……」

「どんな字だい？」

「将棋の駒にある、香車の香」

ぶっきらぼうに答える娘の口に、梅白は顔に目立たぬような笑みを浮かべた。

「……そうか、お香というのか」

梅白の呟く声は、自分だけに聞こえるものであった。

将棋指しお香と、水戸のご隠居梅白の、これから長いつき合いとなる最初の出会いであった。


番屋での取り調べは、おざなりなものですんだ。

身分と名を聞かれ、そのとき梅白はこう答えている。

「手前、水戸は納豆屋の隠居。倅に代を任せてから、江戸に出て暮らしている。名か？　名はなりえもんと申す」

「どんな字で？」

「成せばなるの成に、右衛門をつけて成右衛門……」

「そして、こちらの二人は？」

「竜吉《りゅうきち》に虎八《とらはち》」

竜之進に虎八郎では、まるで武士の名である。ここは世を忍ぶ仮の姿、二人の名を梅白は早口で言った。偽《いつわ》るのに、多少引け目を感じる口調であった。

「えっ、なんと言ったい？」

「竜吉に虎八。納豆屋に置いとくにはたいして役に立たぬでな、こうしてわしの供《とも》にさせておるのよ。腕っ節がいいこともあってのう」

「なるほど……」

調べに対し、竜之進に虎八郎は一言も口を利かずにすんだ。そして、これからは、ひと前では梅白は納豆屋の隠居。そして、自分たちの名は竜吉と虎八で身分を隠すのだと、頭の中に叩き込んだ。

若い男は、大道賭博に関わったということで留め置かれ、梅白と竜之進に虎八郎、そしてお香は番屋から解放された。

「お香さんというのか？」

「そう。お爺さんの名は、成右衛門さんっていうの？」

「まあ、それはどうでもいい。呼号は梅白と申すでな、ご隠居さんとでも呼べばいい」

下谷広小路に出ての会話であった。

「そうだ、お香さん。お香ちゃんのほうが似合うかな?」

「お香でけっこうです」

「ならば、お香。おお、ぐんと親しくなった感じであるな」

「なんです、ご隠居様……」

ご隠居さんでは安っぽいと、お香はあえて呼称を様とつけた。むしろそう呼ぶことで、近くに寄れそうな気がしたのである。

「わしらは昼めしを食してなかった。このあたりに、梅茶漬けが旨い……」

「それなら、お梅茶屋のことね。あたしが案内してあげる」

「そうか、そいつはありがたい。だったらどうだね、一緒に……」

「うん」と返して、お香は大きくうなずいた。

「あたしもお昼、まだだったの」

「おお、そうかそうか。だったら、一緒に食すかのう。さあ、竜さん虎さん、まいりましょうか」

お香に案内されて行ったお梅茶屋は、上野北大門町の路地を少し入ったところにあった。広小路沿いには看板もなく、幾度往復しても見つかるものではなかった。

腹を空かしながら、広小路を一往復しようとしたところで、思わぬことからお香と知り合った。これは怪我《けが》の功名と、梅白の気持ちは若い娘を前にして年がいもなく浮かれるのであった。

梅茶漬けを啜《すす》りながらの会話であった。

「ところで、お香……」

「なあに、ご隠居様」

「わしは、本将棋というのはあまりよく知らんのだが。ああ、駒だけは動かせるがな……廻り将棋とか、お金将棋ならこの者たちとよくやるが」

「なあに、廻り将棋とかお金将棋って……？」

むしろお香には、そっちの遊びは分からない。駒を本将棋以外の遊びとして使ったことは、生まれて一度もない。

「金将四枚を振って、出た目で進むのが廻り将棋。駒を山にしたところから、音を立てないようにして抜き取るのがお金将棋。それが、面白いのよ……」

梅白の代わりに、虎八郎がその遊び方をお香に説いた。

「ふーん……」

つまらなさそうにして聞いているお香に、梅白の眉間に皺が寄った。

「そうだ、お香。わしに本将棋というのを教えてはくれぬか？　さっき、大道でやっていたのを見てわしも本格的に習いたいと思った」

「ああ、あの詰め将棋ね。あの手題はすごく難しくて、三十七手詰めなんだけど……ほとんどの人は解けない」

急に声音を落としたお香は、顔を天井の長押《なげし》に向けて、どこか遠くを見やるような目つきになった。

――誰が、あんな難しい手題を作ったのだろう？

玄人の将棋指しでも、あれほどのものを作れるのはそうそういない。しかも、あんな無頼たちがどうして、あれほどのものを知っている。

このときお香が抱いた疑問であった。

「どうした。何を考えている？」

「ああ、ごめんなさい。それで、ご隠居様は将棋が強くなりたいの？」

「だからそう頼んでおる」

「分かりました。だったら、ご隠居様の家ってどこ？　あたしが教えに行ってあげる」

「千駄木の団子坂だ」

これには、虎八郎が答えた。

「千駄木の団子坂かあ……」

遠いなあとまでは口を噤《つぐ》んだ。

「お香の宿はどこなのだ？」

これは、竜之進が訊いた。

「ここから南に六町ばかり行った、神田金沢町ってところ」

「そうか、ならば片道一里ほどはあるな。娘さん一人が通うには、けっこう骨でございましょうな、ご隠居」

梅白に向けて進言したのは虎八郎であった。どちらかといえば、竜之進より虎八郎のほうが、梅白に向けてずけずけとものを言える性格であった。口数も虎八郎のほうが多い。

「左様であるのう。ならば、わしが出向くとするか。それはそうだ、わしが教授を願うのだから、当然のことよのう」

梅白がお香のいる神田金沢町に通うと言う。うんざりしたのは、供につく二人であった。今後、往復二里を歩くのが日課となるのである。それも、たかが将棋でという思いが二人の気持ちの中にあった。

二人の顔に渋面《じゅうめん》が作られた。

「今、たかが将棋と思ったでしょう。竜さん虎さん……」

竜之進と虎八郎の、そんな表情を読み取りお香がすかさず言った。

心の内を見透かされた竜之進に虎八郎は、驚いた目でお香を見やった。

「いっ、いや……」

額に汗を滲ませて、竜之進が首を振った。だが、顔色と声音に図星であると答が書いてある。

「これはお香の勝ちだ。竜さん虎さん謝りなさい」

「すまぬ。そう思ったのは、たしかだ。正直、往復二里を毎日ご隠居に歩いていただくのは、齢からして……」

「おつらいであろうかと」

虎八郎の言葉に、竜之進が載せた。

「何をおっしゃいます、竜さん虎さん。わしはまだまだ達者でございますよ。その昔、わが水戸家の祖である副将軍であらせられたご老公様などは、諸国漫遊で一日八里歩かれたと聞かされてますからな。しかも、行く先々で事件に遭遇しそれを解決なさる。

わしも同じ年齢に差しかかり、あの壮気にあやかりたいものよ」

「しかし、ご隠居。あれは作り話と聞いておりますが」

虎八郎が、梅白の話に水をさすような言い方をした。

「作り話であろうがなかろうが、そんなことは関わりあらん。ともかく、ご老公の潑剌とした様子が言い伝えられ、そのような話になったのであろう。もっとも、行く先々で悪者を懲らしめるってのは、それはいくらなんでもないであろうがな。わしらかて、三年も外をぶらぶらして、今日初めて悪人を懲らしめたのだからな」

「それはそうでござりまするな。ですがご隠居、今後はなんだかいろいろなことに首をつっ込みそうな予感がしておりまする」

「そう思うか、虎さんも。俺もなんだか、そう思えてならない。ふーむ」

竜之進が、腕を組んで荒い息を鼻から吐き出した。

「そういえば、祖であるご老公様も二人の男を付き人とさせてましたな」

「それって、水戸の黄門様のこと？　ご隠居様……」

話を聞いていたお香が、横から口を出した。

「たしか、助《すけ》さんに格《かく》さんとか……。なんだか、お二人そうみたい」

はしゃぐ口調でお香が言った。

「いや、わしらはまったく違うよお香。似て非なる者だ」

「でも今しがた、わが祖であるとか言いませんでした？　ご隠居様がたって、いったい何者？　本当は、納豆屋のご隠居ではないんでしょ？」

お香の勘の鋭い読みは、矢継《やつ》ぎ早《ばや》に問いたてとなって出た。これには、梅白と供の二人の口がしばし噤んだ。

八

お香の疑問にどう答えるか、しばらく梅白の考える姿があった。

できれば身分は明かしたくない。だが、目の前にいる娘とは、これから将棋の師匠と弟子で長いつき合いになるだろう。そんな予感が、梅白の脳裏によぎった。ならば、いつまでも身分を隠しおおせるものではなかろう。

ここで梅白は決心をした。

「左様だのう……」

おもむろに梅白が語りはじめようとしたが、すでに茶漬けを食し終わり、いつまでも居座るわけにもいかない。かといって、これから場所を移すのも気が引ける。

「語る前に、茶を所望しようか。竜さん、お女中に言って茶を頼んできてもらえぬか。話も長くなろうから、茶うけなどもつけてな」

入れ込みの座敷を長いとき占領しようとの気がめぐり、梅白は追加の注文を出してしばし場所を借りることにした。

「お待ちどうさま。お茶と、茶うけとして池之端は松千堂《しょうせんどう》のどら焼きをつけておきましたから。おいしいですよ、ここのは」

すでに竜之進の手から、女中に小粒銀が渡されている。

「どうぞ、ごゆっくり。今はお店も閑ですから、いつまでもいてらしてけっこうでございます」

心づけが効いているのか、女中の機嫌もすこぶるいい。

「そうか、すまぬな」

これで、心おきなくお香と話をすることができる。初対面でも、何かの縁を感じる梅白であった。

「それで、どこから話そうかな？」

「ご隠居様が話してくれたら、あたしも自分のことを話します」

お香が、居ずまいを正して聴く姿勢をとった。将棋指しは、長いとき正座をしても足が痺《しび》れない習練をしている。背筋がピンと伸びたお香の居ずまいに接し、ある意味の美しさを梅白は感じ取った。

「ならば語ろう。わしはな、五代水戸藩主とは血のつながった……」

兄弟であるというところから語りはじめた。諸国漫遊ならぬ、江戸ぶらぶらを日課に世のため人のために、余生を送っているのだと生い立ちから、心情までを語った。

「それで、今日初めてこんな出来事に遭遇したのだ。それで、悪人を懲らしめることができたのも、初めてのことだ。なかなか人の役に立つ事柄というのは、巡ってこぬものよのう。どうだ、わしの生い立ちに驚いたであろう?」

「ふーん、そうだったんだ」

梅白の語りを四半刻ほど黙って聞いていたお香が、身分の明かしにさして驚く様子も見せず口にした。

「いかがした? いくらかでも驚いてくれんと、張り合いというものがないな」

「副将軍様だったら、多少驚いたけど……」

「多少って……水戸藩主の弟では、不服か?」

「いえ、そうではなくー」

お香は、近ごろの娘にありがちな、語尾を伸ばして考える振りをしている。

「そうではなくー、なんなのだ？」

これからお香の話を聞いて、梅白の口はあんぐりとする。

「実はー、あたし将軍様と将棋を指してたの」

いきなりお香は切り出した。

「将軍様って、今は十一代家斉《いえなり》様か？」

のっけから将軍様と聞いて、驚く顔をして虎八郎が訊いた。いきなりの衝撃で、梅白も口を開けたましゃべられずにいる。

「いえ、先代の上様……」

「先代というと、家治《いえはる》公か？」

言葉が出せぬほど驚く梅白の代わりに、今度は竜之進が訊いた。

「そう、その家治っていう人」

「家治っていう人って……」

将軍を気安く呼ぶお香に、三人の口が開きっぱなしになった。

「十歳のときから、三年くらいかなあ。そのほかにも、尾張《おわり》の宗睦《むねちか》様とかー、紀州《きしゅう》の治貞《はるさだ》様なんかと、将棋を指してたから。水戸のお殿様とは、まだ指したことがないけどさあ」

水戸を除いて徳川御三家の、藩主の名がぽんぽんと飛び出す。

「なんかとって……」

梅白の口からは、涎《よだれ》が垂れそうになっている。

「宗睦様は、尾張藩の九代藩主。そして、紀州の治貞様も九代藩主でしたかな、たしか？　ご隠居」

「ああ……」

虎八郎が訊くも、梅白からは呆然とした答が返るばかりであった。

「それと一橋《ひとつばし》家でしょ、そして清水《しみず》家に田安《たやす》家の御当主様……」

「もうよい、分かった分かった」

呆れかえる思いで、梅白はお香の言葉を止めた。

目の前にいる、こんな小娘が将軍だの大大名だの御三卿《ごさんきょう》の当主だのと、相対《あいたい》して将棋を指していたと言う。

梅白は、自らの身分を語っても、さして驚くこともなく平然としていたお香を得心するというより、むしろ眩《まぶ》しくさえ感じていた。

梅白にとって、しばらくは気持ちの整理が必要であった。その間、茶を飲み、松千堂のどら焼きを食し、心を落ち着かせた。

「わしなんぞ、足元にもおよばぬお方たちと将棋を指していたというのか？」

ようやく、言葉らしきものを梅白は発することができた。

「うん」

うんて、さも簡単に言われるところに、梅白としては一抹の寂しさもある。かりにも、五代水戸藩主とは、異母とはいえ兄弟なのだ。たいていの町人ならば、ひれ伏してもおかしくない身分である。もっとも、身分など微塵もひけらかす気はないが、聞いたからには少しでも反応があってしかりだと、梅白は思っていた。

「……もし、二月前に生まれていたらなあ」

自分が藩主になったかもしれないのだ。たった一月《ひと》生まれるのが早いか遅いかで、身分に相当な違いをもたらされたことに、あらためて世の無常を感じる梅白は、聞こえぬほどの声で呟いた。

そんなことに頓着ないお香に、梅白はますます興味をもった。

「今度はお香の番だ。なんで将軍様などと将棋を指していたのか、詳しく聞かせてくれぬか？」

「うん、いいわよ」

言ったお香の声音に、幾分陰のような濁《にご》りを感じて、梅白は小さく首を唸った。

「五歳のとき、伊藤現斎という将棋のお師匠さんのところに内弟子に入ってから、三日で逃げ出したことがあったの……」

お香は、伊藤現斎の内弟子として入った経緯を要約して語った。

「たった五歳で内弟子では、すぐに逃げ出したのも無理はなかろうでしょうな、ご隠居」

「これ、虎さん。話の腰を折らないで、黙ってお香の話を聞いてなさい。それからどうした、お香？」

かじりかけのどら焼きを、手元に置きながら梅白は座卓の上に身を乗り出した。

便所掃除や風呂の水汲みなどの、つらい修業時代を延々と語って、お香の話は将軍との関わりに入った。

「現斎先生のところにお弟子に入って五年くらいしてからかな……」

ある日のこと、お香は伊藤現斎の部屋に呼び出される。

現斎はしかつめらしい顔つきに緩みをもたせ、お香に向けておもむろに口に出した。

「――お香……」

「はい」

「お香は、今年で幾つになった？」

「はい、この春で十歳になりました」

もったいぶっているのか、なかなか主題の話にならない。それでも、次にどんな言葉が飛び出すか、お香の興はそっちに向いた。顔つきからして、いやな内容ではなかろうとの思いがお香を平静にさせた。

「そうか。お香がここに来てからもう五年が経つのか。早いものだなあ」

感慨深げではあるも、用件はまだ出てこない。やはり、言い出しづらいことなのだろうか。いっときは平静になれたものの、お香の心に不安がぶり返した。その心持ちが表情となって眉間に縦皺が一本できた。

「そんなに心配することではない。実はなお香……」

これから本題が語られる。現斎の様子からみて、ただごとではないと読んだお香は、居ずまいを正して聞く姿勢をとった。

「将軍家治公に先日御目通りしたとき、言われたのだが……」

「将軍様にですか？」

いきなり将軍と聞こえ、驚いた目をして、お香は聞き返した。

「ああそうだ。ひとの話は最後まで黙って聞きなさい」

「はい、申しわけございません」

丁重に謝ることができるのも、お香の成長の証であった。

「その家治公がな、こんなことを言いなされた。『おぬしの弟子に、十歳ほどの娘がいると聞いておるが、そんな年端もいかない女の弟子とは珍しい。一度会って見たいものよのう』と、仰せられた」

「将軍様がですか？」

「そうだ」

話を途中で遮っても、このときは現斎の咎めはなかった。

「それで、一局相手をせよとの仰せでもあった」

とうとうお香に、そのときがきたのである。

「そこで、十日内に千代田のお城に上がらせると約束をしてきた」

「……左様でございますか」

子供ながらも将軍との対局に上気したか、お香の顔が赤味をもった。

「しかし、お香は女子なので、将軍様の御座所にうかがうことはできない。かといって、女所帯の大奥でもまずい。そこで、家治公は妙案をつかわせてくれた」

それから、五日後の大安吉日、お香は師匠現斎に供われ千代田のお城へと上っていった。羽織袴の男の衣装でもって、中奥の御座の間へと案内された。

「余が将軍であるからといって、遠慮せぬでよいぞ」

お香は、頭を大きく下げて家治の言葉に返事をした。

将棋は二番指して、二番ともお香の圧勝であった。


このとき家治公の御年は四十七歳。

三年後に脚気《かっけ》が悪化し逝去《せいきょ》するも、このときはまだ潑剌としていた。趣味人でもあった家治は書画にも精通し、将棋をこよなく愛した将軍であった。将棋の腕前は、七段を允許《いんきょ》されるほどの実力のもち主である。

その将軍家治を、二番つづけて十歳の娘が負かす。さぞやご機嫌が悪かろうと、傍につく伊藤現斎の額から冷や汗が浮かんでいた。

「そなた、名をお香と申したな」

「はい……」

「齢は十歳になると聞いておるが？」

「相違ございません」

そつなくお香が答えるものの、傍らで現斎が拝伏している。

「まだ十歳というに……」

言葉の止まった家治に、現斎は覚悟をしていた。将軍ご指南役の解任が脳裏をよぎる。

「それにしても、強いものよのう……いかがした、現斎？」

ひれ伏す現斎に、家治は訝しげに話しかけた。

「はっ、申しわけございませぬ。少しは……」

「何を申すか、現斎。余は手加減など望んではおらぬ。その証に、いつもは待ったをするが、お香との将棋にはしなかった。余が待ったをするのは、みな遠慮して手を抜いてくるからであるぞ。不利になったから手を止めるのではない。余の機嫌を取ろうとつまらぬ手を指し、わざと負けようとする魂胆が見えておるからだ。そのような将棋など、指していてちっとも面白くあらん。その点、お香は違う。子供だけに、遠慮というものがない。勝ちたいと、全身全霊を打ち込んでくる。もっとも、余が将軍であるというのが分からぬのであろうがのう」

「ははーっ」

家治が語るごとに、現斎は額を畳に押しつけて伏す。その様を、お香は不思議そうな目で見ていた。

「これ、お香。そなたは将軍という言葉をぞんじておるか？」

「はい。この国で、一番偉いお方でございます。上様が将軍様であることは存じております」

「左様か、知っておったか。それは重畳《ちょうじょう》、天晴《あっぱ》れである」

将軍家治に直々《じきじき》に褒められた者など、そうやたらといない。取り巻く側衆《そばしゅう》、小姓たちの驚く顔が家治に集まった。このとき師匠伊藤現斎は一度上げた面《おもて》を、また伏せる。

「これ現斎、面を上げよ。二人に申し渡したきことがある」

ははぁーと発し、現斎は顔をようやく上げることができた。額には、くっきりと畳の目が筋となってくっついている。

「今後、余の将棋指南役としてお香を遣わすがよい。それに御三家である、尾張の宗睦と紀州の治貞にも少し教えてやれぬか？　あやつら、弱くてちっとも面白くないでな」

「水戸様は……？」

「いや、将棋そのものを知らぬ。そうだ、あと御三卿にもな……」

将軍家親戚筋をすべてあげ、その当主の将棋指南役になれと家治はお香に命《めい》を下した。

そこまでを語って、お香は食べかけのどら焼きを口に入れ、茶を一杯含ませた。

「そうであったか」

口を動かすお香を見ながら、梅白がふーっと小さくため息をついた。

──娘にして、さほどの将棋指しであったか。たいしたものだ。

感慨が、梅白の胸に宿る。

──だが、今のこの立ち居振る舞い。行儀がよいとは言えぬが？

せっかく礼儀作法が身につき、言葉も変わったお香がいかにした経緯で元の町娘に戻り、そして伝法な口を利くようになったのか。梅白は興味の尽きないところであった。将軍指南役にまでなったお香にその後、何があったかをさらに知りたくなる。

「そのあとどうなったのだ？」

どら焼きを食し終わるのを見て、梅白の促しがあった。

「それでね……」

お香がつづきを語ろうとしたところであった。すでに、お梅茶屋に入ってから二刻《ふたとき》が経とうとしている。話に興が乗ると、刻が過ぎるのが早い。いつしか店には、客の数が増えてきていた。

　暮六ツが近く、夕餉《ゆうげ》を摂りに来た客である。

「ご隠居、日が暮れかかっておりまする。もうそろそろ……」

　戻らなければとの、虎八郎の進言に梅白の顔は外に向いた。暗くなりかけているのが分かる。間もなく、寛永寺で打ち出す暮六ツの鐘が鳴り渡るころである。

　お香の話に未練は残るものの、戻らねばならぬ。お香に、暗くなる夜道を歩かせてはならぬとの気がめぐって、話はあした聞くことにした。

「お香、あしたそのつづきを聞かせてくれぬかな。それと、わしに将棋の手ほどきをしてもらいたい。できれば、当家に来てもらいたい。そう、竜吉……いや、竜之進を迎えによこすから宿を教えてくれ。ああ、むろん往復の駕籠はこちらで用意する。そうだ、午《うま》の刻というのはどうだ？」

「あしたの午の刻ですか。……正午ねえ」

「どうした、何かほかに用でもあるのか？」

　今日の明日で、はいと言ったら安っぽくなる。それはともかく、お香はこのところ将棋の対局で忙しい。

「こう見えてもあまり閑では……」

ないのですと、言おうとしてお香の言葉が止まった。そして、幾分考えたあと大きくうなずく。

「ならば、三日後でしたら朝からでも」

「三日後か。ということはしあさってだな。よし分かった」

「だったら朝からうちで待ってる。あたしの宿は、神田金沢町の市兵衛店《いちべえだな》……」

「お香の宿はここから六町南とか先ほど言ったな。ならば、竜之進に送っていかせよう。先刻の無頼のこともあるし、物騒だからの。竜さん、頼みましたぞ」

「かしこまりました、ご隠居」

それでは三日後の朝ということで、その場は別れることとなった。

外に出た二組は、北と南に分かれる。お香を守ろうと、竜之進の指がポキポキと鳴った。

第二章　信長の茶碗

一

上野新黒門町から右に石川《いしかわ》様、左に鳥居《とりい》様の上屋敷を見て下谷御成道を真っ直ぐ行くと、神田金沢町がある。正確には、神田旅籠町《はたごちょう》を曲がって一町はどのところになるが――。

梅白と別れたお香は、竜之進を警護につけ下谷広小路を金沢町に向けて歩いた。通りは上野新黒門町でつきあたり、一度左右に分かれる。

その手前二十間ほどまで来たところであった。

「お待ちください」

ふいにうしろからきた男に背中から声をかけられ、お香は驚き竜之進は咄嗟《とっさ》に身構えた。

――すわ、先刻の無頼たち。

意趣返しかと用心深く振り向くと、深く辞儀をする二人の姿があった。

「あれ、あんたは先ほどの……？」

「はい、先ほどは助かりました。なんとお礼を申してよいやら……」

いかさま詰め将棋の難に遭っていた商人風の若者であった。その傍らに、五十歳も過ぎただろう、痩せぎすではあるが身形《みなり》のいい初老の男が、若者と同じように頭を下げている。

「申し遅れましたが手前、下谷長者町《ちょうじゃまち》で骨董屋を商う萬石屋《まんごくや》の手代で庄吉《しょうきち》と申します。そして……」

「手前は、萬石屋の主《あるじ》で市郎左衛門《いちろうざえもん》と申します。このたびは、うちの若い者の大変な難儀をお救いくだされましたそうで、なんとお礼を申してよろしいかと……」

あれから数刻経つも、ここで出会うとは奇遇だとお香は首を捻った。その様が相手に通じたか、すぐにそのわけが庄吉の口から解き放たれた。

「実は手前……」

無頼たちと共に役人にしょっ引かれた庄吉は、主である市郎左衛門の口利きによりすぐに解放された。庄吉から詳しい経緯を聞いた市郎左衛門は、お香を探そうと広小路に出てきたとのことであった。

広小路を幾度も往復したところで夕闇も迫り、もう探すことはできぬだろうと諦めた矢先に、お梅茶屋の路地から出てくる四人の姿を見かけ、お香を追って声をかけたとまでを語った。

「そんなことまでして、礼には……」

およばないと言おうとして、お香の口が止まった。わざわざ干までが出てきて、礼を言われるほどのことではないと思っている。しかも、下谷広小路を行ったり来たりしてまで探したと言う。お香はそこまでを思うと、これには何かわけがあるとの勘が働いた。

「竜さん、いいかしら？　この方たち何かわけがあるみたいだから、聞いてあげても」

お香が言ったちょうどそのとき、暮六ツの鐘が鳴り出した。はじめに二つ早打ちで鳴る捨て鐘は、刻を報せる鐘であることを告げる。

あたりは暮れなずむ気配を見せている。

「とはいっても、暮れ六ツも過ぎたしなあ」

これから夜の帳《とばり》が下りてこようというのに、娘をつかまえて話はなかろうと、竜之進の気がめぐった。

「そうだ、旦那様。このお方が、さっきお話した無頼たちの暴行から手前を救ってくださった納豆屋の手代さんでございます。たしか……」

「竜吉と申します」

竜之進という名を隠し、仮の名を口に出した。左様ですかと、市郎左衛門の深い礼があった。

「とてもお強いのです、このお方。それで、ご隠居様たちとは……」

なぜに別れたのかと、庄吉が問うた。

「お香さんを送っていく途中でな」

「左様でしたか」

言って庄吉の考える姿があった。これ以上引き止めても申しわけないとの気持ちと、話を聞いてもらいたいとの気持ちが交錯しているのが分かる。

「それでは……」

庄吉が話のきっかけを作り出すために、あえて竜之進は一歩を踏み出そうとした。

「ちょっと待ってください竜吉さん」

案の定、庄吉は気持ちを決めたようだ。言われて二人は、足を踏み出すのを止めた。

「正直申しますと、今、お香さんが言われましたとおり、手前どもは相談をもちかけたくて探していたのです。今すぐお話を聞いていただきたいと思いましたが、こんな遅くに引き止めてはご迷惑でしょうし。それで考えましたが、もしよろしければご隠居様にもお聞きいただければと存じますが、いかがでございましょうか？　旦那様、ご隠居様たちにも聞いていただいたほうがよろしいかと手前は思いますが」

出すぎたと思った手代の庄吉は、主の市郎左衛門にあとからうかがいをたてた。

「納豆屋のご隠居様にか……？」

乗り気でない主の顔であった。

「ですが、旦那様。あのご隠居様ならお香さんと共に、お力になられるお方とぞんじますが」

なかなか眼力のある手代のようだと、お香は思った。

「庄吉がそれほど言うお方なら、分かった。ならばわたしからもお願いしよう」

「お願いしようと言われましても、これはご隠居の都合を聞かねばなりま……ん？　なんだいお香」

言ってるそばで、お香から袖を引かれた竜之進は、途中で言葉が止まった。

「ならば三日後でどうかしら？　あたしも朝からご隠居様のところに行ってますから」

お香を探していたということは、将棋にまつわることかもしれない。それに、梅白たちも交えて聞いてもらいたいと言う。よほどの事情を抱えての嘆願だろうと、将棋の一手を思い浮かべるようにお香は読んだ。

竜之進にしても、ある感慨があった。退屈な毎日をどう切り換えようかとしての、日ごろの外出である。何か『事』があったらそれに首をつっ込みたいというのが願いの一つでもある。

何があるか分からぬが、これは絶好の機会かと竜之進は取った。

「そうだなあ。帰ったらさっそくご隠居にうかがいをたててみよう。おそらくどころか、これは手ぐすねを引いて……」

市郎左衛門を見ると、深刻そうな顔であった。他人の不幸を待ち望んでいるような文言《もんごん》を発し、それに気づいた竜之進の語尾が濁った。

「ならば三日後。手前たちは昼八ツごろうかがいますので。よろしくお願いします」

市郎左衛門と庄吉の頭が下がり、そのあと千駄木の団子坂にある寮までの道順を教えて、その場は別れることになった。

二

それから三日後。

刻《とき》は昼の八ツを迎えようとしている。

八枚落ちとはいえ、梅白が初めてお香に勝ったあとの指導将棋を指しているところであった。

「ごめんくださいませ」

「はあい、どちらさまで……？」

客と下男の応対が、梅白の部屋まで聞こえてきた。

「ご隠居様に萬石屋の主で市郎左衛門様というお方と、そのお供の方がお目通りしたいとまいっておりますが」

「おお、来られましたか」

すでに竜之進から萬石屋のことは聞いている。上機嫌な様子で、梅白は部屋に通すよう下男に命じた。

「ご隠居様がお待ちかねでございます。さあ、こちらへ……」

下男に案内され、市郎左衛門と庄吉が部屋の中へと入ってきた。

「お初にお目にかかります」

「萬石屋の市郎左衛門さんと申されましたな。手前は納豆屋の隠居……」

梅白は仮の名を語った。

「このたびはお忙しいところ……」

「いや、見てのとおり閑な隠居でござるよ。今、お香から将棋の手ほどきをうけておりましてな」

「左様でございましたか。お香さんにもお手を煩《わずら》わせます」

お香としても、梅白の寮へはこの日初めて来たのである。だが、先日知り合ったばかりと思えないお香の物怖《ものお》じしない態度に、市郎左衛門は梅白との深いつき合いを感じ取っていた。

「ご隠居様、先だっては……」

「おお、庄吉とやら。この間は災難であったな」

庄吉も商人の手代らしく、卒《そつ》のない挨拶をした。

「挨拶はそれまでとして、それにしても、萬石屋とは変わった屋号ですな」

「ええ、骨董のほかにもいろいろな雑貨を扱っておりまして……」

「左様でございますか」

なぜそのことが屋号と関わりがあるのかと、不思議に思うものの、余計な詮索だと気がめぐり、それは得心《とくしん》したこととして梅白は口を噤んだ。

それよりも『――これには理由《わけ》が……』というのを早く知りたいと、梅白の気が逸《はや》った。

大道のいかさま将棋からお香と知り合い、そして萬石屋の市郎左衛門の相談がかかった。

何か『事』が起こる前兆と梅白は取った。

竜之進、虎八郎を側につけてから三年。ようやくそれらしき『事』に遭遇した梅白は、肚の中で密かに奮《ふる》い立つのであった。しかし、人の難儀を待ちかねていると思われるのが憚《はばか》られ、それを表面に出すことはなかった。

「ところで、ここにいるお香に相談があるともちかけられたそうですが……？」

「はい。それで、ぜひご隠居様たちにも一緒に聞いていただきたいと、まかりこした次第でございます」

市郎左衛門も苦労畑を歩いた商人である。梅白の物腰を見て、単なる商人の隠居ではないなと見抜いていた。しかし、そのことは胸に収めて語ることにした。

まずは、庄吉の話が『事』の端緒となって、話は本題へと入っていく。

先日、大道のいんちき将棋に庄吉が手を出したのには、それなりの理由《わけ》があった。

無頼たちの出す詰め将棋の手題が解けたらば、賞金が三両との触れ込みに、道行く人たちが取り巻いた。

一両あれば、町人一家がゆうに一月は暮らしていける額である。三両とはかなりの高配である。それが通行人の興を惹いた。参加するには一分が必要だが、うまく解ければそれが三両となる。むろん、あとから出てくるいろいろな付加料は、端《はな》のうちは隠されている。たった一人だけ鴨にして痛ぶれば、それでその日の上がりとする香具師《やし》の目論見があった。

「手前は、端はその詰め将棋に手を出そうなどと毛頭なく、ただ見ているだけでした。自分でも将棋を指すので、その難解さは充分に分かっております。ならばなぜそんなところにいたかと申しますのは、そこに詰め将棋を解くお方が現れないかと……」

庄吉は、将棋指しを目当てにずっとその大道将棋の前に立っていたのだという。

「なぜ……？」

これはお香が訊いた。

「将棋の強いお方を探していたのです。ええ、そこらの将棋会所では、これはと思う強い人はおりません。かといって、玄人《くろうと》には話をもちかけられません」

市郎左衛門が、萬石屋の身代《しんだい》に関わることだと口に出したのは、庄吉の話が止まったすぐそのあとであった。

「将棋の強いお方が探せませんと、せっかく先代から築いてきた萬石屋の身代が、潰《つぶ》れてしまうのです」

苦渋の声で、市郎左衛門が一気に言い放った。

「身代が人手に渡るとは、いささか心中穏やかではないですな。それで、その身代云々《うんぬん》と将棋とは、どこに関わりがあると？」

のっけから市郎左衛門の口から店の難儀が飛び出し、梅白の顔は苦《にが》みをもった。

「はい。と申しますのは」

ここぞとばかり市郎左衛門は、身を乗り出して語る体勢を取った。

「二十日ほど前の、雪が降った日のことでした」

思い出すように、市郎左衛門は天井の長押《なげし》あたりを見つめながら、語りはじめた。

三

江戸に雪が降ったのは、正確には十九日前である。

朝方から昼過ぎにかけて降った春雪は、野原に一寸ほどの積雪をもたらせてやんだ。たいした積雪でもなく、雪がやむと往来はすぐにいつもの喧騒が戻っていた。道の雪は荷車と人の行き交いで融《と》けたものの、道はぬかるんでいる。雪駄《せった》や草履《ぞうり》は滑《すべ》り、人々の足の運びはおぼつかなく道端で転ぶ人もちらほらといた。

昼八ツの鐘が鳴って、四半刻も過ぎたあたりであろうか。

「ごめん……」

言って萬石屋の店に入ってきたのは、絹織りの覆面頭巾で顔を蔽《おお》った、位《くらい》の高そうな武士であった。覆面をしていたのは、寒さからか顔隠しなのかは定かではない。

「いらっしゃいませ……」

と言って応対に出たのは、手代の庄吉であった。

「主はおるかな?」

頭巾を取らずに、武士は主を呼ぶよう庄吉に言った。覆面からは目だけがのぞき、人相は分からない。それでも、初めての客であるのはたしかだと、庄吉は思った。武士は片手に紫の風呂敷に包まれた手荷物をもっている。

「少々お待ち……」

くださいと、武士に断《ことわ》りを入れ、庄吉は店の奥へと入っていった。やがて、揉《も》み手をして店先に姿を現したのは、主の市郎左衛門であった。

「そなたが主か？」

「はい。手前は萬石屋の市郎左衛門と申します。お見知りおきを……」

「左様か。では、主ならばこれを鑑定できるであろう」

言って武士は、手にもっていた風呂敷包みを台に置くと、結び目を解いた。開かれた包みの中から出てきたのは、どこにでもあるようなめしを食う茶碗であった。

「はて、これは？」

なんの変哲もない茶碗を目にして、市郎左衛門が訝しがる。

「どうした主、この茶碗の目利きができぬと申すのか？」

覆面に隠され表情は見えない。絹布を通して出てくる声はくぐもっている。だが、どんな返事が市郎左衛門からあろうが、有無を言わせぬ凄みが感じ取れた。

「目利きと申されましても、手前には普通の茶碗にしか見えませぬが……」

手に取って、ためつすがめつ眺めるも銘はなく、どこといって価値の見い出せぬ代物である。市郎左衛門は正直に、思ったことを言った。

「なんだと！　主はこの茶碗をなんと心得て普通の茶碗などと申す？」

これは、たちの悪いたかりだと市郎左衛門は取った。

相手は小遣い銭が欲しいのである。だが、たとえ穴の開いた一文銭でも、一度くれてしまったらそれで最後、いつまでもまとわりつかれることになる。しかし、相手は身分の高そうな、腰に二本差した武士である。下手《へた》を答えればこの場で抜刀され、無礼討ちもありえる。なんと答えようかと迷ったものの、ここは毅然たる態度で断ることにした。

「いえ、これはどなたが見てもそこいらにある、めしを食うための茶碗。せいぜい、二十文がいいところでしょう」

「なんだと？　今、そこいらにあると申したな」

眼光鋭く目に怒りを宿らせた武士は、被《かぶ》っていた覆面を自らの手で剝《は》ぎ取った。四十歳前後の顔面があらわになる。

「あっ！」

武士の容貌を見た瞬間、市郎左衛門の顔が真っ青となった。同時に、驚く声を上げる。

「あなた様は……」

「ようやく気づきおったか。しかし、覆面頭巾というのはそれほど人の顔が隠せるものなのか？　まあ、そんなことはどうでもよいが、驚かせてすまぬ。ここに入るまで、外では顔を晒したくなかったのと寒かったのでな。つい、いたずら心が出たのよ」

覆面頭巾を取って顔を晒したのは、美濃《みの》国は五万石高岡《たかおか》藩江戸家老戸田鉄久《とだてつひさ》であった。ちょいと市郎左衛門を脅してやろうとの、狂言であった。

「ご家老様でございましたか」

覆面頭巾を被った戸田鉄久を見抜くことができなかった。知った顔にほっと安堵の息を漏らした。

市郎左衛門は、今までに幾度も上屋敷に呼ばれて戸田とは面識があった。萬石屋は高岡藩お抱えの骨董商であった。

「ちょいとばかり相談に乗ってもらいたいことがあってな。そのために少し脅かして、主の性根を改めて試させてもらったことでもある」

「左様でしたか。しかし、なぜにこんな安茶碗を？」

「これはな、そんじょそこいらの安茶碗ではない……そこで相談なのだ」

　小声で語る戸田の顔は、苦渋に苛《さいな》まれたように真剣なものであった。

「たしかに見た目は、そこいらにある安茶碗である。わが藩の多治見《たじみ》で作られたものだ。いわゆる瀬戸物と申してな、それこそなんの変哲もない。だがのう、この茶碗でもって一度でもご膳を食したお方の名を聞いたら、たとえ安茶碗でも大層な値打ちとなる。これは、そんな代物なのだ」

「はて、どなた様がお使いになったお茶碗で？」

　家老が直々に持参した茶碗である。そうと聞けば邪険にあつかえぬと、市郎左衛門は風呂敷の上にそっと置いた。

「これはな、その昔天下布武《ふぶ》を目指した織田信長《おだのぶなが》公が使ったものだ」

「織田信長……公ですか？」

　驚きを通り越し、市郎左衛門は呆然とした目で茶碗を見やった。

「ああ、かの有名な信長様だ。その信長公がだ、岐阜《ぎふ》の城から鷹狩りに出たさい、食事を摂《と》ろうとある農家に立ち寄ったのだな。それで食したのが……」

「このお茶碗ということですか？」

「左様、さすがに骨董屋の主だ。よく分かるな」

「そのぐらいのことは、話を聞いていればここにいる手代でも分かることです」

戸田の猲《おだ》てに、市郎左衛門は脇にいる庄吉の肩を叩いた。

もしもそうだとすれば、これは大変な代物である。だが、一番肝心な証《あかし》がない。となれば、せいぜい二十文程度のものである。

「証があれば、数千両の値がつきましょうな」

茶碗は、骨董品そのものよりも、証のほうが大事というのはよくあることだ。目の前にある茶碗は、まさにその典型であると、市郎左衛門は思った。

「それがのう……ないのだ。ただ、その証というのがどこかにいってしまったのよ。そこで、相談に来たのだ。どうすればその証というのを作れるか、骨董屋の主に訊けば教えてくれると思ってな」

ご家老様の願いである。無下《むげ》にはできぬものの、答の出しようがない問いであった。

しばし考えた挙句、市郎左衛門は正直に話すことに決めた。

「証を作るというのは、難しいというより無理でございますな。よしんば、それを作ったとしてもいつしか贋作《がんさく》と分かるもの。かえって、御家のお名を汚すだけでございます。そんなことはしないほうがよろしいかと、手前はぞんじますが……」

「なるほどのう……」

戸田の声音は得心をしたものと思えた。

「ちなみにだが、どうすれば証と成りえるのかな？」

後学《こうがく》のためだと言って、戸田は骨董屋に教えを乞うた。

「左様ですなあ……」

そのぐらいの答なら雑作ないと、市郎左衛門は胸を張った。

四

梅白たちを前にして、萬石屋市郎左衛門の語りはつづく。

「しかし、それが誤算だったとは、そのときはむろん気がつきませんでなあ、余計なことを伝授してしまいました」

後悔が胸に込み上げるのか、市郎左衛門の両肩ががくりと落ちる。

「その余計な伝授というのと将棋とが、どう結びつくのでありますかな？」

次の言葉がなかなか出てこない市郎左衛門に対し、梅白がきっかけをかざすように問うた。

「なんの変哲もない、一個二十文の茶碗を数千両の価値にするには、品物以外に三種の証がそろえばよろしいのです」

「三種の証というのは……」

分かりそうな気がすると、風流人の梅白が口を挟んだ。

「ご隠居様ならば、ごぞんじでございましょうな」

「入れ物、包み物、そして書き物でしょう」

「さすが、よくお分かりで……」

入れ物というのは、きちんとした桐の箱か何かに収められ、証となる裏書きがあるもの。包み物とは、袱紗《ふくさ》とか袋で品物を保護するために包むもの。そこに家紋などが染め抜かれていれば、信憑性が高い。そして、一番大事なものが書き物。真物《ほんもの》であることが証明される書き付けがあれば、これは間違いない。それに、花押《かおう》か落款《らっかん》でも入っていれば申し分ないともいえる。

「極端に申せば、猫が餌を食う器ですら、その三種がそろっていればこれはもうお宝になるのですから……」

「へえ、そんなもんなんですかねえ」

骨董にはまるで興味のないお香が、欠伸《あくび》を堪《こら》えながら言った。なかなか将棋の話にならないので、たまに口を出さないと寝てしまう。

「大抵のお宝というのは、そういう物がそろっておりますが、その証となる物自体が贋作というのはよくあることです。それはともかくご家老の戸田鉄久様が申しますには、必ずそれらがどこかにあるはずだと申しますのですな。そして、こんな話になりました」

先だってのことを、再び思い出すかのように、市郎左衛門は遠くを見つめるようにして語りはじめた。

高岡藩江戸家老戸田鉄久が、身を乗り出して言う。

「ならば、その三つの証となる物が、必ずどこかにあるはずだ。藩邸に戻って、たしかめてこよう。おそらく殿に訊けば分かるはずだ」

よほど上気したのか、急いで萬石屋を出た戸田は外に出たと同時に泥濘《ぬかるみ》のある道に足をとられ、その場にすっ転んだ。袴と羽織を泥だらけにするも、そんなことは眼中にないと遠ざかる背中は語っていた。

それから五日後のこと。

道はすっかりと乾いている。だが、戸田の足どりは重そうであった。

「ごめん、主はおるかな?」

と言って萬石屋の店の敷居を跨ぎ、入ってくる早々骨董にはたきをかけている手代の庄吉に声を投げた。

この日は春の陽気が戻り外は暖かい。戸田の頭に、先日あった覆面頭巾はない。

「あっ、これはご家老様。すぐに呼んでまいりますので、少々お待ちを……」

言って庄吉は、奥へと入っていった。

「これは戸田様……先日はだいじょうぶでございましたか？」

「なんのことだ？」

「はい、店先で……」

泥濘に足をとられ、戸田が転んだことまでは口を濁す。恥をかかせてはまずいとの配慮であった。

「なんだ、おぬしたちは見ておったのか。おかげで、どこも痛くすることはなかった。気遣いはいらぬぞ」

「いや、戸田様のお怪我はともかく、お茶碗のほうはご無事で？」

「なんだ、主は人の体よりも茶碗のほうが大事と申すか？」

「戸田様はすぐに立ち上がりまして、戻っていったものですからさほど気遣いはいたしておりませんでした。まあ、ご衣裳が汚れたくらいでしたら……」

「どうでもないとは、つれないもの言いぞ。あの衣裳は……まあ、そんなことはよい。茶碗は無事だったので、安心いたせ」

「それはようございました」

「何が、ようございましただ。人の気も知らんで」

尖《とが》る口調にどうも戸田の機嫌が悪そうだと、市郎左衛門は余計なことは言わぬよう、聞き役に徹することにした。

「申しわけございません」

必要最低限の言葉は返す。

「ところで茶碗のことだが、主、大変なことが分かったぞ」

「はい、そうですか」

「はいそうですかって、あまり興が湧かぬようだな」

「いえ、そんなことは……」

相槌《あいづち》だけだとかえって話が進まないと、市郎左衛門は応対を普段どおりに戻すことにした。

「それで、大変なこととはいったい……？」

「うぬ、面倒なことが起こったのだ……ああ、厄介《やっかい》だのう」

ため息を吐きながら話す戸田を、市郎左衛門は不思議そうな顔をして見やっている。

「……あんな茶碗、見つけなければよかった」

ため息に、愚痴も混じって聞こえる。

「いかがなされました？　どうもご様子がおかしいようですが。よろしければ、手前にも話をうかがわせていただけませんか」

相当に気が塞《ふさ》ぐことがあったのだろうと、慰めるつもりで言ったのが間違いだったと、市郎左衛門が気づくのはこの次に出る、戸田の言葉であった。

「むろん、それを聞かせにここに来たのだ。ほかにどんなわけがあろう。それでだ主、話というのはな、このたび殿から聞き出したことなのだが……」

美濃国高岡藩の藩主浜松越中守盛房《はままつえっちゅうのかみもりふさ》は、無類の将棋好きであった。好きと強いは比例して然るべきだが、しかしこの盛房一向に将棋が強くならぬ。いつも相手が同じでは仕方がなきことか。

藩主盛房の将棋仇は、同じ美濃国は加山《かやま》藩の藩主桐生丹波守頼光《きりゅうたんばのかみよりみつ》であった。領地も、天領を一つ挟んで隣と近く、石高もほぼ同じ五万石の領地である。官位も従五位《じゅごい》で、齢は盛房が五十歳と四十九歳になる頼光より一歳ほど上か。

この殿様二人、あまりにも境遇が似ているせいか若いころから互いにいがみ合い、顔を合わせては罵《のの》り合う仲であった。それでも、互いに年齢を重ねるにつれ性格も丸くなったか、五十路《いそじ》に差しかかろうかという二年前、今までの敵対視はどこに行ったのかというくらいに、急接近したのであった。

何いう、将棋が互いを近づけさせたのである。

互いに気持ちの決着をつけようと、まずはじめたのが『はさみ将棋』からであった。しばらく経ち、殿様二人がはさみ将棋でもって積年の憂さを晴らすには、どうも仕掛けがもの足りぬと思えてきた。傍目にしてもあまりいい図ではない。「――はい、二ついただきね」なんて言葉も、藩主らしからぬ。

将棋はやはり『本将棋』でなくてはならぬと、五十歳を前にして二人同時に覚えることにした。それまで二人とも本将棋というのを指したことがなく、駒の動かし方すらも知らない。そこで奮起一番、将棋の強い家臣を指南役として、どうにか駒を動かせるまでにはなった。そこから、浜松盛房対桐生頼光の、一進一退のお将棋勝負がはじまったのである。

国元にいるときも、参勤交代で江戸に詰めるときも、顔を合わせるたびに一局ということになった。

端で見ていても何をかいわんやのへぼ将棋である。開いている角道に王様が逃げ、わずか七手で勝負がついたこともあった。それでも二人とも偉いのは、どんなときでも待ったをしないことである。武士に二言はないと、武士《もののふ》の血がわずかは残るのであろう。

こうなると、意地でも相手より強くなりたいと思うのが本能である。しかし、盛房と頼光は、最初に二つの約束を交わしていた。一つには絶対にほかの者とは指さない。そしてもう一つは抜け駆けをしない。つまり、普段は将棋のことなど忘れろということであった。

下手なりに覚えた将棋でも、いつも同じ相手では飽きが生じてくるのもやむをえまい。このところにきて、勝負に刺激が欲しくなった。ただ指していてもつまらぬと、とうとうへぼ将棋に物を賭けるようになった。端の内は、自らがもつ扇子とか、煙草入れとかの身のもちものを賭けて一喜一憂していたのだが、いつしかそれだけでは、もの足りなくなるのはお決まりの道である。少しずつ、賭けるものが大きくなり、やがては互いの家宝をもち出すほどまでになっていた。

「――これは当家に伝わる、織田信長公が鷹狩りの際に農家に立ち寄り、昼餉《ひるげ》を食された茶碗だ。後日そのときの礼にと言って家臣が農家を訪れ、桐箱と茶碗を包む袱紗《ふくさ》と、そして書き付けを残していった。それが代々我が家に伝わった。それがこれだ」

そして高岡藩の浜松盛房が差し出したのが、なんの変哲もない茶碗であった。

「こんなものが家宝なのか？」

頼光が問うも、盛房はおもむろに首を振る。

「いいや、そこいらの茶碗ではない。この三種の証があれば、それはもうそれで家宝となりえる。これを見てみなされ」

桐箱の蓋の裏書にはこう記されている。

『信長使碗　花押』

紫の袱紗には、織田家の家紋である『織田木瓜《ぼけ》』が白く抜かれている。

そして、書き付けである。

『余が昼餉を食す茶碗なりき　信長花押　落款』

蚯蚓《みみず》ののたくったような文字だが、かろうじて読める。そこに直筆の花押と、朱肉の落款が捺印してある。茶碗より、はるかに価値があるものであったが、いかんせん主品ではない。

浜松盛房は、三種の証を添えて家宝の茶碗を賭けるという。しかし、応じる加山藩の桐生頼光のほうには、それに見合う家宝がない。そこで出したのが領地の一角、三千石分を賭けるという。とうとうへぼ将棋は、領地をもち出すほどまでになっていた。

五

よかろうと、互いが得心をして対局がはじまった。

二人とも定石など知らぬ将棋である。駒だけは間違いなく動かせるので、ある程度は指せるものの、それは本将棋というにはほど遠いものであった。

まず一手目は、互いに飛車を香車の前にずらすところからはじまる。本将棋を指す者が見たら、首を捻る一手であった。

指し手が進み、中盤でさらに奇妙な手が頼光にあった。飛車取りと、斜交《はすか》い一間開かせて角を効かせた手に、盛房の成長が垣間見える。それに応じたのが、頼光の奇妙ともいえる手であった。なんと王様で飛車を守る。これで勝負あったかと、本将棋を指す者が見たら思うところであろう。王より飛車をかわいがる将棋がここにもあった。

三千石の領地が手の内に入ろうとしている。しかし、盛房の成長が垣間見えたのはつかの間であった。

「なんだと、角取りではないか」

せっかくの王様を取らず、角を逃げたところで勝負は混沌としてきた。

将棋を指していて、自分たちはいったい何をしているのだろうという疑問が、この二人には一切ない。へぼなりに将棋を指しているのだろうが、どこを勝負の決着にしているのかがさっぱりと分からない。

さらに指し手は進み、取られ取ったりで盤上には数枚の駒を残すのみとなった。双方王様が残っているところを見ると、それが取られたら負けという認識はあるらしい。ならばなぜ、あのとき王様を取らなかったのか。ここで説明をするのもばかばかしい話なので、殿様たち二人の独特の取り決めとだけにしておく。

どんなに下手な将棋でも、天王山はある。勝負は山場に差しかかっていた。

「王手！」

一応それなりの言葉は知っている。駒音高く盛房が桂馬《けいま》飛びで王手をかけた。だが、そこには角が遠くから利いている。

「何をちょこざいな」

とにんまり笑って頼光が桂馬を取る。そして、次に指す交互二手の応酬が、戸田鉄久から萬石屋の市郎左衛門の身代をも脅かすことになり、ひいては梅白とお香たちの手を煩わすことにつながるのであった。

盛房の陣営、王様の小鬢《こびん》に飛車がいる。その延長上に頼光の桂馬を取った角行が利いていた。しかしどういうわけか、盛房が王様を守る飛車を動かし逆王手をかけた。

「はい、詰みね」

喜び勇んで、頼光は盛房の王将の上に角を乗せた。

先ほどは王様を取らずに、ここで取る。なんとも面妖な将棋であったが、二人だけの取り決めならば他人が口を出すことではない。

「待った。あいやしばらく……」

うっかりと凡手《ぼんて》を放ったおかげで、瞬時にして家宝である信長の茶碗を取られる羽目になった盛房は、この期におよんで初めて待ったをかけた。

「待ったとは、異なことを申される」

「あのとき、王様を取らずにやったではないか。あんな手でもって、そちらの領地をいただくのは心苦しいとあえて、角を逃がしたのだ」

盛房は言い分として、先刻飛車を守った王様を取らず、角を逃がした手を引き合いに出した。

「今さら、そんなことを言われても相知らぬことよ。さあ、いさぎよくその茶碗一式を渡していただこう」

家臣のいない二人だけの部屋で、待った待たぬのかけ引きがおよそ四半刻つづき、刃傷沙汰《にんじょうざた》にもなりかねない様相を呈してきた。しかし、そこは大の大人である。藩政を司《つかさど》る領主がこんなことで斬り合っても詮ないと、そこは互いに矛先を収めることにした。

頼光が折半の良案を出したからである。

「ならば、信長の茶碗と三種の証を分けようではないか。盛房殿は本品の茶碗をもち、当方は三種の証をいただくことにしよう。それでいかがかな？」

「それはよき考え」

双方が納得して、その場は折り合いがついた。

又聞きのさらに又聞きを、市郎左衛門は梅白たちを前にして語っている。

「茶碗のほうが大事と、浜松盛房様は取ったのでしょうな。三種の証がついて価値が出るものとは、そのときは思わなんだ。しかし、先だって盛房様が登城したとき、将軍家斉様からその信長の茶碗を見たいと望まれ、そのときにはたと気づいたそうなのです」

徳川の代は、十代将軍家治から十一代の家斉へとすでに移っている。

「なんとなく、分かる気がするな」

市郎左衛門の長い語りに、梅白は相槌《あいづち》を打った。

「茶碗だけを見せたって、上様から笑われるだけだろうよ。早い話、その三種の証をなんとかできないかと、家老のなんといったかな……？」

「戸田鉄久様です」

「なんとかできないかと、その戸田とやらが、そこもとのところに泣きついてきたのであろう？」

「はい、そのとおりなんですが」

ここで梅白は、はたと首を捻った。

「それがなぜ、将棋指しを探していたことと関わりがあるのかな？」

殿様同士の対戦で、ある程度将棋との関わりを知った。だが、聞いた話では、それは将棋とはとてもいえぬものである。

自分より酷い将棋を指すと梅白は思うも、お香は、ご隠居とどっこいだとの思いを抱いていた。

「三種の証を取り戻すために、盛房様は再戦を申し込まれたそうなのですが、相手の頼光様がどうしても首を縦に振らぬ。そこでやむなく、その三種の証と、高岡藩五万石の内の所領一万石を賭しての勝負を挑んだそうです」

先だって戸田鉄久から聞いたことを、市郎左衛門は語っている。

「なんですと?」

「一万石ですって!」

それほどのへぼ将棋がそこまで賭《と》すことになったかと、梅白とお香は呆れ果てた顔をして互いを見やる。

——領地を賭け事に使うとはもってのほか。領民たちのことを、この馬鹿領主たちはなんと思っている。

けしからんという憤りを梅白は胸の内にしまい、お香もこの瞬間に、これは避けては通れぬほどの容易ならざる事態と感じていた。

そして二人は黙ったまま、市郎左衛門の話の先に耳を傾ける。

六

市郎左衛門の話はつづく。

「しかし、二人の殿様は先のへぼ将棋で懲りている。そこで双方代わりになる強い将棋指しを見つけ、勝負の決着をつけようとの話になったそうなのです。そこで、玄人将棋の本家である大橋家と伊藤家にそれぞれが話をもちかけましたが、賭け将棋には応じられぬと断られ、どこで聞きおよびましたか『真剣師』という、賭け将棋を糧《かて》とする輩がいるそうでして、それを手前どもが……」

「探せと依頼されたのですか？」

お香が、市郎左衛門の話を遮《さえぎ》って訊いた。

「左様です」

「なるほど。それで、この手代の庄吉とやらが、誰か詰め将棋を解く者はいないかと、大道のいかさま将棋を見ていたのですな？」

なんとなく、梅白にも読めてきているようだ。

「はい。ですが誰も手を出す人はいません。それでとうとう……しばらく手題を見ていて自分が解けると思ったのですが、しかし難しかったです」

代打ちを探せなければ、少しは将棋の心得がある庄吉が代わりに立とうと思っていたと、梅白の問いに庄吉が答えた。

「二十五手詰めですもの、かなり強い人でも解けません」

将棋のことならと、お香が水を得た魚のようになった。

「うん、そうだなお香。だがおまえは……」

将軍指南役である。到底そんな将棋の代打ちになることは叶わぬ娘であると、梅白はしゃしゃり出そうなお香に制止をかけた。そして、話を別のほうに飛ばす。

「ところで市郎左衛門殿」

「はい……」

「そんな代打ち将棋の真剣師探しと、そこもとの身代とがなぜに関わりがあるのですかな？　何か、店が潰れるとかおっしゃってましたが」

「実は……」

言いづらそうであったが、市郎左衛門もここで覚悟を決めたようだ。

「隠しておりましたが、万一の場合と戸田様に頼まれ、贋《にせ》の三種の証を作ってしまったのです。二百両に目が眩《くら》みまして……」

「なんですと？」

「将棋指しが探し出せない場合はと、戸田様から泣いて嘆願されましてどうしようもなく。まさか、将軍様にそれを見せようとは思いもよりませんでしたし。ええ、見る人が見たら一目で贋物だと露見してしまいます。たとえ、茶碗が本物だとしても贋の証を書いただけで、大変なお咎めが。となれば、どうしても本物の三種の証を取り返さねばと、強い将棋指しを探していたのです。はい、わが店のためでもあるのです。こうとなったら手前は高岡藩などどうでもいいのです」

市郎左衛門は、一気に吐き出した。

「はい、これが真相なのです」

語って安堵したのか、市郎左衛門は言い終える際にふっと息を漏らした。そして、これが長い語りの中で、一番聞いてもらいたかったことだと言い添える。

「言葉の節々、辻褄の合わぬおかしなところがありましたが、言いづらいことだったのでしょうな。やはり、贋作を作っておいでてしたのか」

市郎左衛門の気持ちを思うものの、梅白はやりきれなさで、ふーっと一つため息をついた。

「ならば、先ほど高岡藩は一万石の所領を賭すと聞いたが、たとえ負けても領地を渡しはしないでしょう。勝って本物を取り替えせればよし、負けてもその贋作で茶を濁す。よしんば露見しても、その咎めをそこもとに押し付ける魂胆でしょうな。所領一万石は、相手を土俵におびき出す餌にしかすぎませんぞ、おそらく……」

贋作が世に出たら、骨董商としての信用は地に落ちる。しかも、ときの将軍家斉をたぶらかすためのものだ。咎めは身代の没収どころではなかろう。なんと軽はずみなことをしたものよと、今さら思ってもあとの祭りであった。

それが表に出ない方法は一つだけある。

強い将棋指し——。

代打ち同士の手合いは、この日から三日後に迫っているという。それまでにこれといった真剣師を探さねばならない。相手の桐生頼光だって一万石の所領に目をつけ、相当な手練《てだれ》を用意してくるに違いない。それを思えば焦燥だけが募り、いてもたってもいられなくなる。

市郎左衛門とその手代庄吉は、大道でその娘を見つけた。そして、お香に白羽の矢を立てようとしたのだが。

——お香さんを、ぜひ代打ちに……。

言おうとしたが口には出せない。先ほど梅白から、お香に代打ちは叶わぬと釘を刺されてしまったからである。

それでも、哀願の目はお香に向く。

「お香さん……」

「市郎左衛門さん、お香に代打ちをさせてはならぬ」

お香に対し、飛びかからんばかりに体を向けた市郎左衛門を、梅白は言葉でもって押し止めた。

「なぜでございます？」

「いや、なぜでもです」

梅白とて、お香の素性は最後まで聞いていない。しかし、将軍指南役だったお香を、そんな下らぬ賭け将棋で汚したくないと、梅白はきっぱりと断りを入れた。

お香も、梅白の口出しには黙っていた。このときの、お香の考えは梅白とは別のところにあった。

一目見ただけではどこにでもいる町娘である。それでも駄目だと言われ、萬石屋の主と手代の肩ががっくりと落ちた。

しかし、市郎左衛門は真剣である。それでも喰らいついた。

「それは、重々承知しております。ですが、お香さんのような豪腕な将棋指しがいたら、その方をご紹介してもらうだけならよろしいでしょう。どこかにおりませんでしょうか？」

人を尋ねるだけなら差し障《さわ》りはないだろうと、市郎左衛門は畳にひれ伏してお香に教えを乞うた。

「います。一人だけ……」

「えっ?」

　畳につけた頭を起こし、市郎左衛門はお香の顔をのぞき見るように顔を向けた。

「それは、どなたですか?　さっそく行って……」

「いいえ。それが誰かは知らないし、どこにいるかも分からない。だが、そういう指し手がいるのはたしかです。あたしも、会ってみたいと思っているの」

「もしかして、それってお香さん、詰め将棋の……」

　口を出したのは庄吉であった。

「ええ、そう。三十七手の詰め将棋を考えた人。あんな大道将棋の手題作りなんかに、いったい誰が……」

　それほどの将棋指しが誰かを、どんなに考えても思い浮かばぬお香であった。

　あの詰め将棋を考えた将棋指し――。

　家元に籍を置く棋士ではないはずだ。となれば、賭け将棋などに手を出し破門された元棋士。それらは、真剣師に身をやつす者が多い。とくにその中でも、五本の指に入るほどの指し手であると、お香は思っている。

「ならばお香……」

「なんです、ご隠居様?」

「あの大道芸のならず者たちに訊けば、それが誰だか分かるであろう？」

「そうかもしれませんね。さすが、ご隠居様」

　このときお香は、頭の中で思い浮かべていたことがあるのだが、それを梅白たちに語ることはなかった。

七

　ならず者たちの意趣返しがあるかもしれぬと、ここは竜之進と虎八郎の二人で動くことにした。

　懸念されることは、つい先日のことである。まだ解き放しになっていないことが、充分に考えられる。

「もしかしたらあ奴ら、大番屋か伝馬町送りになってるかもしれませんな、ご隠居」

　虎八郎が、首を振りながら言った。

「そいつは充分考えられる。そのときは、なんと言ったかあの同心……ああ、思い出せん。年をとると人の名がすぐには出てこない」

「あの同心ですか？　それは手前もまったく覚えておりません。だいいち、聞いた覚えがないですから」

「手前もです」

虎八郎のあとを竜之進が追っていう。二人とも、聞いた覚えがないと口をそろえた。市郎左衛門も、手代の庄吉も首を捻り、はてと言った表情を浮かべている。

たしかに同心は、自分では一度も名乗ることはなかった。だが、どこかで梅白はその同心の名を聞いたことがあるような気がする。

「ああ、あのお役人なら、笹川の旦那ね」

「なんだ、お香は知っておったのか?」

「みなさんも一緒になって聞いているはずよ。岡っ引きの親分が、あいつらをしょっ引くとき、一言だけ『笹川の旦那』って言ってたから」

お香は、その一言だけをとらえて記憶していた。

一日数十手先を読み通す能力のもち主である。将棋の読みは、記憶力に通じる。そう、盲将棋では師匠伊藤現斎と対等の勝負をして、その実力を知らしめたほどだ。人の名を覚えることなど、数手先のほどのことでもない。

「そうだ、笹川であった。さすがお香、よく覚えていたものだ」

「ご隠居様だって……」

岡っ引きの言った一言をよくとらえていたと、お香は感心の目を向けた。それに引きかえ若い人たちのだらしないこと、と思ったものの口には出さずにおいた。

「もし解き放しになっていなければ、その笹川という定町廻り同心を探してなんとかなさい」

梅白は竜之進と虎八郎に強い口調で指示を出した。

「かしこまりました」

二人の返事が、ピシッとそろう。

「なんとかなさいって、あなた方は何者？」

市郎左衛門が、眉間に一本縦皺を作って訊いた。

「ああ、たんなる水戸の納豆屋の隠居ですよ」

かっかっかと、高笑いを飛ばして梅白は市郎左衛門の問いを軽くいなした。

「ならば竜さん虎さん、頼みましたぞ」

「はっ」

二人は声をそろえて発し、梅白に向けて一礼をした。

それではさっそくとばかり、竜之進と虎八郎は大道将棋のならず者たちに会うためと動き出した。

ならず者の筋からお香の言った将棋指しを探し出す。そして、見つけ出したあかつきには、加山藩側の代打ちにし、お香はそれを相手に戦いたかった。もし、それが見つからなかった場合は、自らも引く。

これが、お香が考えた手はずであった。むろんそれはおくびにも出していない。

「必ず、三種の証は取り返して見せますとも」

お香の気持ちを知らずに、梅白は自信ありげに胸を叩く。しかし、そんな策など今はあろうはずがない。

「すべてはご隠居様に、お願いいたします」

「ああ、任せておきなされ」

大船に乗っていろと、梅白は大口までも叩いた。

三日後といえど正味は二日と数刻しかない。その間に、将棋指しを探し出し、代打ちを頼み込まなければならないのだ。しかも、その強い将棋指しというのはあくまでもお香の勘である。勝負師の勘であるからよもや間違いないと思うが、勘というのは外れる場合もある。

——そんなにうまくいくかしら。

というのが、お香の思いであった。むろん、それは肚の内に押し止める。

竜之進と虎八郎の二人が、いの一番に訪れたところは、きのう連れて行かれた上野元黒門町の番屋であった。しかし、ここに来ればすぐに笹川という同心に会えるものと、たかを括《くく》ったのが二人の誤算であった。それは、すぐに番屋の番人から知らしめられる。

「ごめん……」

虎八郎が声を飛ばして、遣り戸が開いた番屋の中へと二人は入った。

「誰だい……？」

六十歳をいくらか超えたとみられる番太郎であるが、先日はいなかった男である。竜之進と虎八郎のことは知らない。

「ちょっと訊きたいのだが？」

「なんでございましょう？」

「先だって、いんちき将棋で捕らえられてきたならず者たちがいただろう。あやつらは、どこに連れて行かれたか知っておるか？」

気が逸《はや》るか、虎八郎が居丈高《いたけだか》に訊いた。町人の形《なり》をして、武士のもの言いになっている。

「あっしは知らねえけど、その前《めえ》に、あんたらいってえ誰なんだい？」

問いに答えるまでもなく、逆に聞き返された。本当の身分は絶対に明かすなと、梅白からは釘をさされている。

「それは……」

虎八郎は、肝心なところで口ごもった。

「きちんとした素性が知れなきゃ、教えてやることはできねえのが決まりでな。それと、あんたがたの、その高飛車なもの言いが気にくわねえ。年寄りだとばかり、端から馬鹿にしてやがる」

相手は生粋《きっすい》の江戸っ子である。

「いや、すまなかった。このとおりだ」

二人はそろって、番太郎に頭を下げた。しかし、一度臍《へそ》を曲げたら、ちょっとやそっとでは直らないのが江戸っ子といわれる所以《ゆえん》だ。

逆に下手から出て、機嫌を取れればこれほど力強い味方はない。竜之進と虎八郎は初動でつまずいてしまった。

「頭を下げられたって、知らねえものは知らねえ」

そっぽを向きながら、番太郎は答える。

「よろしければ、教えていただきたいのですが……」

今度は竜之進が、ばか丁寧な言葉で声をかけた。

「ふん……」

それでも番太郎は、さらに顔を背ける。その背けた横顔に向けて、竜之進が言葉をつづけた。

「そのとき一緒に来た笹川の旦那というお役人さんは、今どちらにいるかごぞんじですか？」

「どちらにいるかって、てめえに訊いたって分かるわけねえじゃねえか。一緒に住んでるんじゃあるめえし。てめえは、旦那のかかあじゃねえからな」

つまらぬ理屈に竜之進は、ムカッと胸に不快な念が湧いたが、そこは穏便にと気持ちを抑えることにした。ここでそれ以上番太郎を怒らせたら、さらに遠回りになりかねない。余すところたった二日しか、ときがないのである。

「そうですかあ。ならば……」

竜之進は懐に手を入れ、巾着《きんちゃく》の中から一分金を手の指でよった。幾ばくかの金をつかませれば、口も軽くなるだろうととったからだ。

指の先で小板を挟んで取り出すと、そっと番太郎の手に握らせた。顔は脇を向いたままだが、年老いた体はぴくっと反応する。

「なんの真似でえこれは？」

番太郎は、脇に向けていた皺顔《しわがお》を戻し竜之進を睨むものの、渋面はいつまでもつづくものではなかった。やはり、袖の下には弱そうだ。いや、端からそれを望んでいたのかもしれない。番太郎の表情がつぶさに変わって、竜之進がしめたと思ったときであった。

「下手《したで》に出ればいい気になりやがって。きさま、何様だと思っている。たかが、番太郎の分際で！」

表通りにも聞こえるほどの大声で、虎八郎が年のいった番太郎を詰《なじ》り飛ばした。

「何をいきり立ってやがる、若いの。もう知らねえ。おめえらの聞きてえっていう、いんちき将棋で捕まった野郎どものいどころなんか、金輪際《こんりんざい》教えてやるもんか。こんなもんいるかい。ひとを虚仮《こけ》になんかするんじゃねえや、とっととけえりやがれ」

一分金を土間にほっぽりながら、番太郎はけつをまくった。もうこうなると、梃子《てこ》でも動かない。竜之進が苦虫《にがむし》を嚙み潰したような顔を、虎八郎に向けた。

気長の竜之進と短気な虎八郎の性格が、初めての探索で出てしまった。虎八郎は「しまった」と思ったが、もう遅い。

「いや、言いすぎてすまなかった」

頭を下げて虎八郎は謝ったものの、番太郎の口は貝のように固く閉ざされた。

しくじったとの思いを抱いて、上野元黒門町の番屋を出た竜之進と虎八郎は下谷広小路を南に向いて歩いた。やがて、きのう騒ぎがあった大道将棋の現場にさしかかるが、むろん、今はそこに人だかりはない。

「ここだったな、虎さん」

「ああ……」

己の失敗を悔いているのか、虎八郎の言葉は少ない。

「どうしたい、元気出せよ。虎さんらしくないな」

過ぎてしまったことに、いつまでもあとを引きずる竜之進ではない。

「ちょっとあそこで休んで、頭を冷やすとするか」

下谷広小路には茶屋が軒を並べる。休んで気持ちを落ち着けようと、竜之進が虎八郎を誘い、一軒の茶屋へと足を入れた。

緋毛氈《ひもうせん》で覆われた縁台に腰をかけ、茶とみたらし団子を四本ほど注文した。

「小腹も空いてきたところだ……」

虎八郎の失態を責めることもなく、竜之進は言った。

「すまなかったな、竜さん。あと一歩のところで……」

それでも虎八郎は、一言謝らずにはすまなかった。

「なあに、また次の手を見つけりゃいいさ。どうってこと……あっ！」

しくじったら、また出直せばいいというのが竜之進の持論であった。気持ちを切り換え変えれば妙案が浮かぶこともある。

「なんで、こんなことに気づかなかった？　焦ってると、どうも血のめぐりも悪くなるなあ」

「どうした竜さん。何かいい考えでも思い浮かんだか？」

「ああ、番屋は八百八町の町ごとにある。何も、元黒門町だけではないだろ。笹川という同心の身元を知るぐらいなら、どこだっていいのでは……」

ないかとまでを言う前に、虎八郎の相槌があった。

「なるほど」

ならばさっそくと、虎八郎が立ち上がったところを竜之進が制した。

「また、そんなに慌てて。まだ、茶も団子も出てきてないではないか。虎さんは、落ち着けば一人前なんだから」

「なんだい、落ち着けば一人前ってのは……まあ、いいや」

言って虎八郎は、一度浮かした腰を緋毛氈の上に戻した。

このとき休んだ四半刻の間が、さらなる難儀をもたらすことになるのを、団子を頬張る二人に気づくはずもない。


茶屋に勘定を払い、竜之進と虎八郎は再び広小路の、喧騒の中に身を置いた。

「おっ、あそこにも自身番があるな」

竜之進が指さした先に、丸に大の字が書かれた障子戸が見える。上野北大門町の番屋であった。

上野元黒門町の番屋からは、三町と離れていない。このあたりの番屋の番人なら、定町廻り同心である笹川の名は誰でも知っているだろう。笹川と会えさえすれば、あとはならず者たちの身元が知れる。それを辿れば、お香の言う将棋指しに行きつくであろう。

骨董屋のために、俺たちがこんな苦労をしなくてはならないのか、と思う気持ちは二人にはない。ご隠居梅白の道楽に乗って、お香と知り合ったことにより、初めて『難事』に首をつっ込むことになった。しかし、世のため人のためは、単なる道楽ではないことを次の番屋で思い知ることとなるのだが。

「よし、行ってみよう」

竜之進のさした指の先に向かって、虎八郎が歩きはじめた。

「ごめんください……」

先ほどの例もある。ここは下手《した で》からいくことにした。

「なんだね、お前さんがたは？」

ここの番太郎も、元黒門町と同じほどの齢に見えた。番屋の番人は、おおよそこのような年配が雇われている。日がな一日をのんびり過ごすにはうってつけの仕事なようだ。

「はい、ちょっと尋ねたいことがありまして……」

落ち着けば一人前と言われた虎八郎が、気持ちを鎮めて訊いた。

「ほう、訊きたいことってのはなんだ？」

番太郎のほうが高飛車なもの言いである。そこはぐっと堪えて、虎八郎がつづけて口にする。

「定町廻りのお役人さんで、笹川という旦那をごぞんじでしょうか？」

「ささがわぁ？　聞いたことがねえなそんな役人」

「えっ？」

ここの番太郎は、笹川のことを知らないという。これはおかしいと、側で聞いていた竜之進が首を捻ったところであった。

「どうしたい、八五郎《はちごろう》？」

言って番屋に入ってきたのは、恰好からしてもう一人の番人であった。

「ああ、熊吉《くまきち》か。いやな、この人たちが……」

「そうかい、おれもそんな名は聞いたことがねえな」

八五郎と熊吉は、二人そろって笹川のことを知らぬという。

町警護の番人が、南北の奉行所合わせてもたった十二人しかいない定町廻り同心の名を知らぬはずがない。たとえ細かな素性は知らなくても、名前ぐらいはと思うものの、竜之進と虎八郎はそれ以上つっ込んで訊くことができないでいる。

おかしいなと思いながらもその後二人は、近在の下谷御数寄屋町から湯島天神下町、坂下町、ちょっと飛んで下谷車坂町と目につく番屋を、片っぱしから訪ねてみた。

しかし――。

どこの番人も、笹川の名を知る者は誰一人いない。ここまでくれば、おかしいを通り越している。

「そうだ、お香が名を間違えて聞いたのではないのか?」

「それしか考えられんな」

「なんだ、お香のやつ……」

たいしたことはないなと、自分たちのことは棚に上げ、二人はお香を見下げる思いとなった。

「名が違っているのなら、これ以上回っても仕方ない。一度引き上げるとするか」

竜之進の気持ちも、諦めるほうに向いた。

最後に回った上野池之端の番屋を出てから二人は、失意のうちに不忍池沿いを歩いて千駄木までの道を戻ることにした。

池之端仲町の番屋から二人が出たすぐそのあと。

「これでよかったんかい?」

「ああ、元黒門町の佐平《さへい》に頼まれちゃいやとはいえねえよ」

こんな会話が、番太郎たちの間で交わされていたのを、竜之進と虎八郎は知るよしもない。他人《ひと》との応対は、初対面がいかに大事かと知らしめるような成り行きとなった。

二日と数刻のうち、これで数刻が無駄になった。初動のつまずきは、のちに難儀をもたらす。

第三章　代打ち将棋

一

千駄木は団子坂にある梅白の寮に戻って早々、竜之進と虎八郎は開口一番お香に向けて叱咤を放った。

「駄目じゃないか」

いきなり大きな声で言われても、お香はただ呆然とその大きな目をぱちくりするだけである。

お香と向かい合って座る梅白も、虎八郎の怒声に驚きの顔を向けた。

梅白の左右には、萬石屋の主市郎左衛門と、手代の庄吉が未だ帰らずにいた。同じように、二人とも虎八郎の剣幕に首をすくめている。

竜之進と虎八郎が戻ったとき、四人は将棋盤を囲んでいるところであった。

二人とも五尺八寸もある大柄の体を立たせたまま、俺たちが苦労しているというのに、何をしているのかといった目つきで四人を見下ろしている。

「何をいきり立っているのだね、虎さん。まあ、いいからそこに座りなさい。今、お香から将棋の手習いを受けているところよ」

「そのお齢では、どんなに教わっても……」

強くはならんでしょうと、虎八郎が物怖じなく辛辣な言い方をした。

「いかがしたのだ？　そのつっかかる言い草は……」

いかに温厚なご隠居でも、言い過ぎがあれば咎めもする。

「申しわけございません、ご隠居」

謝ったのは竜之進のほうであった。

「何も、竜さんが謝らんでも……」

「いえご隠居。実は……」

虎八郎が怒るのにもわけがあると、竜之進は番屋での経緯を語った。

「そんなことで、お香のことを詰《なじ》ったのであります」

聞き違いだと言われ、お香の首が傾いだ。

「なんだ、お香に反論があるというのか？」

お香の様子に、なおも虎八郎が食ってかかる。

「おかしいなあ、たしかにあの岡っ引きは『笹川』って言ったのに」

さらに首を傾げて、お香は言う。

「そうだ、虎さん。わしもたしかに笹川と言ったのを思い出した」

「あっ、手前も……やはり、笹川という名です」

梅白の言葉に、手代の庄吉が乗せた。

「みなさまが解放されたあと、手前が残ったとき『笹川様』って言ったのは、あとから来たその番人でございました。たしか……」

三人の意見がそろえば、どちらかがおかしいということになる。ここで大きく首を捻ったのは、竜之進と虎八郎の二人である。

となれば、番人のほうが嘘をついていたことになるが。

「それにしてもおかしいのう。一人、二人ならいたしかたないが、界隈の番所の番人がみな町方同心の名を知らぬとは……」

梅白も白髪頭を横にして、うーむと唸る。

「それにしても、変」

お香もなぜかと考えるが、答など見つかるはずがない。

『――奴らが来ても、教えるな』

虎八郎との最初の接触で番人が臍を曲げ、茶屋で休んでいるわずか四半刻の間に、触れが界隈の番屋に伝わっていたのである。

理由《わけ》はたったそれだけのことだが、ここまで徹底されれば竜之進と虎八郎でも気がつきにくい。

そんなこととも知らず、ならばなぜというのが、ここにいるみなが抱いた疑問であった。

将棋指しとか碁打ちは、先を読む力があるほど強いといわれる。お香も将棋指しとして、あらゆる想定を読んでみたが、番太郎の臍曲げまでは思い浮かぶものではなかった。

「どうして番屋のお爺さんたちは、あのお役人さんのことを知らないと言ったのだろう？」

番太郎たちが嘘をついているのが気になると、お香の頭の中はそちらのほうに向いた。

これでまた、無駄にときを失う。考えている閑に、南北どちらかの奉行所に行ってたしかめてみればと思うのだが、そこに気がめぐる者は誰もいない。お香にしても、気が一点の方向だけに行ってしまっている。

この日の探索は、それだけで終わった。ただ無駄にときを費やす半日となった。あと二日しかないというのに。

加山藩の動向は知らぬが、相当豪腕な指し手を用意しているに違いない。

「何せ、相手は一万石が所領に加わるかどうかの話ですから。何とぞ、よしなにお願いいたします」

萬石屋の市郎左衛門が心配げな言葉を残し、庄吉を伴い梅白の寮を出たのは、暮六ツの鐘が鳴る四半刻前のことであった。

お香は梅白の寮に寝泊りして、その強い将棋指しを探すという。

「いいのか、そんな若い身空で泊まり歩いても……」

「うん、いつものこと。考えてみて、あたしは五歳のときから家を出されているのよ。今さらって感じ」

あっけらかんとしたお香の返事であった。自由奔放のお香に、親の口出しは一切ないという。

「ならばいいが……」

三日前に知り合ったばかりの娘である。たしかに将棋が強いというのは分かったが、そこいらにいるちゃらちゃらした娘と違い、奥の深い娘である。もっとも、梅白はその細部を知りたくてこの日お香を呼んだのだが、思わぬ方向に話が逸れていった。

二

夕餉の膳を、梅白とお香、そして竜之進と虎八郎が前にしている。

「ああ、おいしい……」

舌鼓を打ちながら煮っ転がしを食すお香に、梅白の細まった目が向いた。お香のあどけなさに、顔も緩むようだ。

「お香……」

そして、やさしく声をかける。

「なあに、ご隠居様？」

里芋が口の中にあるのか、片方の頬を膨らませながらお香は梅白に顔を向けた。

「食べているのなら、返事はあとでよい」

「うん……」

爺さん相手に喋るより、料理のほうに気持ちが向く年ごろである。お香は、黙々と膳の上にあるものを頬張った。

「すごい食欲ですな、ご隠居」

お香の食いっぷりのよさを見ながら言ったのは、竜之進であった。

「おうおう、まことに元気があってよろしい」

「その点、ご隠居は好き嫌いがはっきりと。食さぬならその煮付け……」

いただきたいと、虎八郎が手を出そうとしたと同時に、梅白の声と重なった。

「どうだ、わしのも食さぬか？」

老体では食も細ると、梅白は箸をつけていない魚の煮つけをお香に向けて差し出した。

「うん、ありがとう。でも、虎さんが……あっ！」

口にものを含めながら、お香はあることに思いあたった。驚きの声とともに、口の中にあったものがほき出される。

「汚いな、お香」

顔をしかめて、虎八郎がお香の品の悪さをたしなめた。多分に、煮つけを取られた食いものの恨みが含まれた口調であった。

「あら、ごめんなさい」

口の中に残っていたものを、すべて喉の奥に飲み込みお香は茶を一服啜った。

「何か思いついたことがあるようだな。落ち着いたら聞かせてくれぬか」

お香が食し終わるのを見計らって、梅白が意見を促した。

「ごちそうさまでした。ああ、おいしかった」

口の周りを懐紙で拭いて、お香はおもむろに話しはじめる。

「今、虎さんもご隠居様の煮つけを欲しがったのを見て、ふと思ったの」

「ほう……」

虎八郎が、自分と関わりがあると聞いて身を乗り出した。

「煮つけを、探している将棋指しにたとえたとしたら……」

「たとえたとしたら？」

お香の言葉尻を梅白が追った。次に出る言葉を逃すまいと、二人の耳がお香の口もとに向く。

「両方で、同じ人を追っている」

「……ん。どういうことだ、お香？」

お香の言っている意味がとらえられず、梅白が聞き返した。

「そう、加山藩のほうも同じ将棋指しを追っているってこと。でも、あちらのほうがもう先に手を差しのべてるのかもしれない」

「お香は、なぜにそう思うのだ？　それに、番屋と将棋指しはどこに関わりがある」

得心できる思いであるも、梅白はお香に理由を訊いた。

「あの、ならず者たちの筋から、すでに下谷界隈では、加山藩の手が入っていそう」

「それで番太郎たちは、口をそろえて知らぬぞんぜぬでいたのだな」

番太郎たちが、袖の下をつかまされているのかもしれないとお香は読んだ。

虎八郎が、お香の先読みにうーむと唸り声を発した。

「そういうこと……かも」

だが、かもしれないと、お香の自信なさげの声は、そばにいる三人には聞こえないほど小さかった。まだ、お香の中に腑に落ちないところが残っている。

「そうか、相手はもう触手を伸ばしておったのか。そうなると、これは相当難しいことになるな」

梅白が、毛筆のように顎に生えた白髭を手に握りながら考えている。

水戸の曾祖父光圀のように、世のため人のためにならんと意を決してから三年、ようやくその機会にめぐり合え、鮮烈な初舞台を飾ろうと気持ちの高ぶりを見せたが、どうやら手に負えぬこととなりそうだ。

　初見参は次の機会に回そうかと、萎《な》える気持ちが心根に宿る。

「考えてみれば、どちらでもいいのではないか？　殿様同士のつまらぬ賭け将棋で、萬石屋が巻き込まれただけであろう。しかも、聞いてみれば自業自得から出たことだ。二百両の金に目が眩んだと、自ら申したではないか」

「そう言われれば、ご隠居。世のため人のためというのではございませんね、この話は」

　面倒くさいことから手を引けると、虎八郎の声は明るいものとなった。

「そうしたほうが、よろしいかと……」

　竜之進も、大きくうなずいて賛同を示す。

「よし、この件からは……」

　手を引こうと、梅白が言おうとしたところでお香からの声がかかった。

「待ったをするのですか？」

「えっ……？」

　梅白は、囲碁を多少嗜《たしな》むので、待ったがどういう意味か知っている。

「将棋や囲碁では、待ったは卑怯な手。禁じ手ですよ」

「……そのぐらいは知っている」

返す梅白の声音《こわね》は小さなものであった。

途中でことを放り出すとの引け目も、水戸梅白の中にある。武士《もののふ》であるならば、敵前逃亡と言われても仕方のない振る舞いである。それを、十八かそこらの娘に突かれ、梅白は自分を恥じる思いとなった。しかも、将棋で領地を賭けるというあるまじき行為は、断じて許してはならん。

「お香の言うとおりであるのう。これは一本取られた感じだ。竜さん虎さん、できるところまで、やってみようではないか」

「ご隠居……」

「分かりました」

と、家来二人から同時に声が出るも、まだ何か考えていそうである。幾分首を斜交いにしながらの両者の返事であった。

「いかがしたのだ、二人とも？」

「ご隠居のお気持ちは分かりますが……」

「どうした虎八郎。奥歯にものが挟まったような言い方をしおって」

納得のいかなそうな虎八郎に、梅白の訝しげな目が向く。

「ご隠居は将棋というものをさほどぞんぜず、お香も将軍指南役として表立って動けぬ以上、いかがしてそれよりも強い将棋指しを見つけるといわれるのです？」

「虎八郎の言うことも、もっともでございますなあ」

竜之進が、相棒に意見を載せる。

「ふーむ」

思えば難解な話である。意見一つで、梅白の心根はくるくると変わった。

「やはり、駄目か……」

敵前逃亡もいたし方ないかと、片方の思いが鎌首をもち上げる。

「お香が代打ちとして指せればのう……いや、やはり駄目だ」

お香を破門させるわけにはいかぬ。それどころか、大名の領地を賭けての将棋など、幕府に知れたら伊藤現斎にまで咎めがあるだろう。

断じてさせてはならぬことぐらいの分別は、梅白にもある。

「いかがいたすかのう」

梅白の思案は真っ二つに割れた。将棋のことではあるが、お香を賭け将棋に巻き込むことはできぬ。つまらぬことに首をつっ込んだものだと、結論よりも後悔が先に立った。

冷静に考えればあることに思いつくのだが、今の梅白とお側人二人にはそこに至るまでの心の余裕というものがなかった。

お香がこのとき、別の思いを抱いていたことなど知れようはずがない。


あと二日――。

もろもろの準備など差し引いたら、正味は一日半しかない。お香の逸る気持ちは、梅白たちの思いとは別のところにあった。

今しがた、加山藩のほうはすでに将棋指しを見つけ出しているかもしれないと言ったが、もし自分の勘が当っていたら、こんなにいい機会は二度とおとずれることはないだろう、と――。

――どうしても、あの詰め将棋を作った男と対戦したい。

お香の胸の内はそこにあり、梅白たちの到底およばぬところにあった。

今はその心内を、お香は表に出すこともなく梅白たちのやり取りを聞いている。

一万石の領地を賭けての将棋。

こんな大勝負はめったにお目にかかれない。『真剣師』にとっては、願ってもない大舞台であった。

しかし、お香にとってはそんなことはどうでもいい。ただただ、強い男に勝負を挑みたい。願いはそれだけである。

お香が今なお玄人の棋士と思っている梅白たちには、あえて自分が真剣師であることは言わずにいる。

「やはり、違ってました」

お香の唐突な言葉に、梅白たちの訝しげな顔が向いた。

「ん……何が違っていると言うのだ？」

「さっき言ったこと」

梅白たちに引かれては相手を探すことはできない。ここは、竜之進と虎八郎の手を借りねばと、前言を撤回する必要があった。

「相手はもう、その将棋指しを探し出しているかもしれないということ。よく考えれば、おかしなことですから」

「おかしなことですからって、お香はどうしてそう思った？」

「だって、そうでしょ。王様より飛車をかわいがる将棋を指すお殿様ですもの。手練《てだれ》の将棋指しなど探し出そうなどと、そこまでは……」

気がめぐらないだろうと言おうとして、お香は言葉を止めた。

「いや、そうじゃない。一万石の領地がかかってるのですもの、もっと強い人を用意してるかもしれない。だけど、相手が誰だろうと番屋の番人まで口止めすることはないんじゃないかしら」

「そりゃそうかもしれん。よく考えればお香の言うことがもっともだ」

どちらにもよく転ぶご隠居であった。

「となると、是が非でもその将棋指しを探さなくては、ご隠居さんたちの顔も丸潰れね」

お香の、梅白たちをけしかけるような口調であった。

「そうか、やはり探さぬとならんか」

お香の調子に、梅白が引っ張られる形となる。

三

「なあに、あの野郎たちが生意気だったんで、ちょっとみんなしてすかんを食らわしてやったのでさあ」

初めて顔を合わせた上野元黒門町の番屋の番人佐平が、梅白とお香に顚末を打ち明ける。

――そんなことだったのか。

得心するも、梅白は声にすることはなかった。

前日の夜、やはり番屋の様子はどうもおかしいということになり、今度は梅白とお香が乗り込んで聞き取ることにしたのであった。

朝四ツちょうどに上野元黒門町の番屋に赴くと、番太郎の佐平がそう言う。

「ならば、笹川様というお役人様は今どちらに……？」

梅白が、佐平の機嫌を損ねぬようにと、下からのぞき込むようなもの言いで訊いた。

「ああ、あの旦那ならおっつけここに来ますよ。茶でも飲んで、待っててくださいな」

こんな人のよさそうな番人をどうやったら怒らすことができるのかと、梅白は家来である竜之進と虎八郎に不思議な思いを抱いた。

それでも、四半刻近くは経っただろうか。笹川という町方同心の来る気配はない。

その間にも梅白と佐平のやり取りがあった。

「なんでご隠居さんたちは、あの旦那を探してるんですかい？」

「いや、笹川様よりも先だって大道将棋で捕まえた男たちのことを知りたいのでして……」

「まあ、きのうの生意気な奴も……すいやせん、手代さんたちを悪く言いまして」

「いいんですよ。あの者たちは、手前にも手に負えないほど、生意気な者たちですから、いい薬を与えてくださいました。これで、世間というものの厳しさを……いや、なんでもない」

余計なことを言っては素性が露見すると、梅白は慌てて言葉を止めた。

「あのならず者たちのことですが、あっしはあのときここにいなかったんでよく分からねえんで。どうやら、神田佐久間町の大番屋に移されたみてえで、そのあとのことは……」

語っている途中で佐平の言葉が止まったのは、番屋の入り口に笹川の姿を見たからであった。

「あっ、笹川の旦那」

「どうしたいとっつぁん？　あっ、この人たちは先だっての……こいつはいいところで会った」

「えっ？」

梅白とお香の、怪訝な顔が笹川に向いた。

「娘さん、お香とかいったな。実はこれからあんたを訪ねようとしてたところなんだ」

大騒ぎして探していた相手が、お香に用事があるという。どうやら互いが互いの探し相手のようであったようだ。

「ところで、ご隠居さんたちはどうしてここへ？」

お香の訝しげな顔を見ながらも、同心の笹川は先に梅白の用件を訊いた。

「あの、ならず者たちは……？」

笹川の、お香への用事とはなんだろうと、脳裏に思い浮かべながら梅白は訊いた。

「ああ、奴らですかい？　奴らは今みんなして、伝馬町の牢屋敷で雁首《がんくび》そろえて臭《くせ》え飯を食ってますわ」

笹川は即座に答えてくれたものの、その者たちとの面会は叶わぬと言った。

「それはよろしいのですが、あの男たちに詰め将棋を伝授した者が誰かを知りたくて」

「いや、それが誰かは口を割らなかった。三下《さんした》どもは、もとより知らねえみてえだ。そして、あの兄貴格っていう髭面は意外にも口が固く、名を出すことはなかった」

語ったあとで笹川は、首を捻った。

「それにしても、どうしてそんなことを知りてえんで？」

「はい、あの詰め将棋を作った将棋指しを……」

探しているとまでは言わず、梅白は笹川からの反応を待った。

「そうかいやはり、将棋のことでな。ところで、俺がお香を訪ねようと思ったわけなんだが」

「あたしに、どんな用事で？」

「話す前にちょっと頼みがあるんだが、そこにいる佐平爺さんと将棋を指して見ちゃくれねえかな」

意外な笹川からの申し出であった。お香の驚く顔が佐平に向いた。

「この爺さんも将棋が相当強いんだぜ」

薄ら笑いを浮かべながら、笹川が佐平の顔に指先を向けて言った。

「旦那、爺さんはよしてくだせえよ。ちゃんとした名があるんですから。それに、まだ弱冠六十で……」

竜之進と虎八郎にすかんを食らわした張本人である。それだけに、同心相手でも物怖じしない気性の強さがあった。

「いいんですかい旦那、将棋を指しても？　だったら娘さん、一番……」

手合わせ願いたいと、佐平が言った。

「いや、それはなりませぬ」

間に入って止めたのは梅白であった。

「なぜだい？」

「なぜって、この娘さんは……」

将軍指南役だと、言っていいのかよくないのか、梅白の言葉はそこで詰まった。

「いいよ、指しても……」

お香からの、直《じか》の返事があった。それほどまで言うのならと、お香も佐平の技量を知りたくなった。

焦りを顔に浮かべるのは梅白だけである。将棋を指している閑があるのかと。しかも、お香は素人を相手にはできないはずだ。

「お香……」

「ううん、いいの」

やはりここは止めさせようと、梅白が口に出そうとするのを、お香は首を振って拒んだ。

番屋の奥の、下手人を捕らえたときの仮置き部屋の板間で、お香と佐平の対戦が行われた。番太郎たちが暇つぶしにと、将棋の一そろえはある。使い古されうす汚れた駒に、かろうじて線が見える将棋盤で、お香と佐平の対局となった。

「あまり閑《ひま》がねえんで、勝負は四半刻の間でつけてもらいてえ」

笹川が時の制約を出した。

分かりましたと、お香と佐平の返事がそろう。

駒の配置を終え、お香は自分の陣から飛車と角行を取り除こうと手をかけたところで、佐平の睨みがお香に向いた。

「なんのつもりだい？」

番屋の番人にはそぐわぬほど、眼光に鋭さがあった。

「……おや？」

勝負師の目をしている。

佐平の目に宿る力は、並の素人にはないものがあると、お香は一目でとらえた。

「失礼しました」

強い素人との実力の差は、大駒である飛車と角行を取り除いて、互角の勝負だろうとお香は思ったのだが、佐平の面相を見ればそうでもなさそうだ。お香は一度取り除いた大駒を置き直した。

「よろしくお願いいたします」

佐平の礼儀正しい挨拶に、お香は元はなんたるかを知った。

ここにも玄人と素人の間を歩いた将棋指しがいた。一度はどこかの門下に入り、なんらかの理由があって辞めていったのだろう。佐平の挨拶の仕方に、その名残りがあった。

将棋の世界から自らが足を洗ったのか、ゆえあって破門にされたのかは定かではない。ただ、自身番の番人であることから、賭け将棋を生業《なりわい》とする真剣師ではないのはたしかである。

「よろしくお願いします」

お香が挨拶を返すと、先手である佐平が初手を放った。

角道と四間の歩を上げて、振り飛車の戦法を取る。

一方お香は、飛車先の歩を延ばし、急戦にもち込もうとする。

傍らで将棋盤を眺めているのは、梅白と町方同心の笹川であった。

将棋を覚えたての梅白には、互いの陣形を見てもちんぷんかんぷんである。それでも、両者の気迫は伝わってくる。

一手進むたびに、腕をくんで端から盤を見つめる笹川の口から「うーむ」と、唸る声が漏れて聞こえてくる。笹川も、かなり将棋好きと見受けられた。

両者が前かがみになって盤を見つめている。

はじまってから四半刻もしたときであった。

「まいった」

佐平が持ち駒の一つを盤上に置いて、勝負の行方が決した。敗戦の所作である。

四

笹川との約束どおり、四半刻での勝負であった。長考が許されぬ早指しとはいえ、見ごたえのある勝負と笹川は感じ、将棋を満足に指せない梅白にも、その勝負のあやは充分に伝わっていた。

気迫というものは、将棋をさほど知らなくても伝わるものだと、梅白は額に汗を浮かべて盤上を眺めている。

「……将棋とはかくも面白いものか」

まともな本将棋を目にして、梅白は小さくつぶやいた。

「いや、つえぇ。たいした指し手だ」

終わってもしばらく盤面を見つめていた佐平の顔が上を向き、向かいに座るお香を見ながら驚嘆の声を上げている。

「いえ、佐平さんこそ……どこで？」

どこの門下にいたのかと、お香はそっと尋ねた。

「いや、それは言わねえ約束にしようや」

やはり、どこかの宗家の門下にいた。大橋か大橋分家のどちらかであろう。伊藤家にはない、駒の流れの癖があった。

「この娘さんは、やはり大変な指し手ですぜ旦那」

佐平は、傍らにいる笹川に顔を向けて言った。

「ああ、そいつは分かってら。なんせ三十七手の詰め将棋を解いたくれえだからな。とっつぁんが平手で負けるのは端から分かってた」

「なんでえ旦那、知ってたんですかい」

「ああ。だけどどのくれえ強いのか、佐平爺さんと戦わせて、実際に見てみたかったんだ」

「見つかりやしたなあ、旦那」

「ああ……」

二人の会話に、お香と梅白は顔を見合わせると、不思議な思いで首を捻った。

子供が一目見たら泣き出すほどの厳《いか》つい笹川の顔が、にこやかなものとなっている。

こんな表情を見せる笹川は初めてであった。

同心の笹川が、小娘の機嫌を取るような声でお香に話しかけた。

「娘さん、お香とかいったな」

ええと、無言でお香は首を縦に振った。

「いや、ここの番太郎である佐平爺さんを将棋で打ち負かしたのはあんたが初めてだ。もっとも、俺が見た限りだけどな。それにしても、強え指しっぷりだったぜ。これならできるって踏んだんだが……」

「できるって、何をです？」

笹川の、妙なもの言いにお香がすかさず訊いた。

「いや、そこでお香に相談なんだが、聞いちゃくれねえかい？」

笹川が、お香を訪ねたかった理由が語られる。

——まさか？

お香の読みが脳裏をよぎった。それはすぐに、笹川の口から言葉となって出る。

「お香さんの将棋の腕を見込んで頼みがあるんだが……」

泣く子も黙る定町廻り同心が、十八の娘をつかまえて敬称をつけた。しかし、見つめる眼光は鋭く、表は柔らかく見せて、内に凄みを宿す極道のような、有無を言わせぬ威圧が感じられた。

「頼みってのは？」

「将棋の代打ちになってもらいてえんで」

笹川は、のっけから切り出した。

――やはり。そうであったか。

梅白も、お香と同じ勘を働かせていた。

「代打ち……？」

どこの筋からお鉢が回ってきたのだろうと、気がめぐるものの、知らぬふりをしてお香は訊いた。

「ああ、あるお方の代わりになって、将棋を指してもらいてえってことだ」

お香と梅白は、黙って笹川の話に聞き入ることにする。

「実は、ここだけの話なんだが……ご隠居さんも、外には絶対に漏らさねえでもらいてえ」

「ええ、それはもう。心得ておりますので、ご安心を」

「なら言うがな。ある大名とある大名が、将棋でもって賭けをしたと思ってくれ。お金将棋や廻り将棋とは違うぜ、本将棋でだ。どちらもへぼなくせして、だんだんと賭ける物もでっかくなってきやがる。とうとう、家宝をもち出すまでになってきた。その挙句《あげく》……」

先を語るのを笹川は躊躇《ちゆうちよ》しているようだ。だが、梅白とお香にはその先の話が手に取るように分かる。とうとう所領までと言いたいのだろう。世間に漏れたら大変なことになると、気にする笹川の気持ちは、痛いほど分かる。

妙な成り行きになってきたと思いながらも、梅白とお香は最後まで相手の出方に乗ってみることにした。ただ、その先のことをどうするかまでは、まだ念頭にない。

「その挙句、どうしましたかな？」

知らぬ振りをして、梅白が訊いた。

「いや、言わぬことにしておこう」

「聞いておかなければ、なんとも返事のしようがないのう、なあお香」

「ええ、変なことに巻き込まれるのはいやだから。やはり、お断りしようかしら」

「べつに変なことではないから、安心いたせ。よし、ならば言おうか……」

意を決して笹川の語ったことは、梅白とお香が抱いていたことと寸分の違いもない。

二人は顔で驚き、心の内は平静さを保った。

しかし、お香に向けて白羽の矢を立てたのは加山藩のほうで、桐生頼光の代打ちになって欲しいというから、話はややこしくなった。

ここまで聞いていやと言ったら、笹川はどう出るだろう。いやそれよりも、今目の前にしている隠居と娘が、桐生頼光の相対する高岡藩の藩主浜松越中守盛房の、代打ちを探しているのだと知ったらどうなるだろう。

「もし、できませんとお断りしたら、いかがなされます？」

梅白が笹川に訊いた。

「そうだなあ、お香を召し捕らねばなるまい」

内輪を漏らしたからにはと、笹川の顔も元の厳ついものに戻っている。目一杯に役人風を吹かして言った。

「なぜに？」

なんと乱暴なと、梅白の怒りの目が向く。

「先だって、大道将棋の博奕に手を出したという咎でだ」

ある意味での交換条件である。これに苦悶の表情を見せたのは梅白であった。憂いは、お香の伊藤現斎門下の破門にある。せっかく将軍指南役にまでなったお香を、こんなことで抹殺したくはない。

「お香……」

おまえはどうするのだと、お香の顔をのぞき込むが、意外にも平然としている様相に梅白の首はまた一つ傾いだ。

「……いったい何を考えているのだ？」

勝負師の頭の中はうかがい知れないと、梅白は聞こえぬほどの声で呟いた。

そのときお香が考えていたのは、この機を逃すまいということであった。いかにして、この笹川を逆に利用するか。

指し手がお香の脳裏を駆けめぐる。

そして、指した手が――。

「八丁堀の旦那……」

「なんだ、引き受けてくれるのか？」

「いいえ」

もの怖じもなく答えるお香に、梅白は固唾を呑んで見やるだけだ。

いいえと、断りを聞いて笹川の厳つい顔が、さらに鬼のように凄みをもった。

「なに、断ると言うのか？」

懐に手を入れているのは、その先の答えいかんによっては、匕首を取り出そうとの構えに取れる。

「いいえ、断るとは申してません」

「ならばなんだ？」

「あたしより、うんと強い人を知っていますから。ぜひにも、そのお方をと思いまして」

「お香より、強いお方？　玄人の棋士ではないだろうな。それはならぬぞ」

「それなら、お香も……」

笹川の言葉に梅白はひと膝乗り出し、お香も玄人であると言おうとした。だが、お香に袖を引かれ、言葉は途中で遮られる。

「いいえ、そうではないです」

「ならば、いったい誰だ。なんと申す、その強い将棋指しというのは？」

「そのお方と申しますのは……」

「そのお方と申すのは……？」

名を聞き漏らすまいと笹川は目を瞑《つむ》り、耳だけをお香の口に向けた。

「そのお方と申しますのは、名は知りません」

知らぬと聞いて、身構えていた笹川の上半身が、がくりと崩れた。

「ふざけるのではない」

茶化したのかと、笹川は顔を真っ赤にして怒りをあらわにした。

「ふざけてないです。最後まで話を聞いてくださいな。名こそ知りませんが、大道将棋で三十七手の詰め将棋を作った人こそ、その代打ちにふさわしいかと」

お香の話を、愕然とした思いで聞いているのは梅白であった。その男はこちらで探しているのではないかと、お香に声をかけたい衝動に駆られた。だが、梅白が押し黙ったのはお香の次の言葉にあった。

「八丁堀の旦那、そのお方を探したらいかがですか。すぐ、そこにいるかもしれませんので」

――なるほど、お香は町方同心の力でもって、その将棋指しを探そうとしているのか。

梅白の思考はめぐる。

――だが待てよ。よしんば同心が探し出したとしたら、それは相手の代打ちに。いや、お香には考えがあってのことだろう。

お香の、本当の心内《こころうち》を知ることもなく、梅白は得心して言葉を控えた。

「すぐそこにいるかもしれないって……いってえ、どういうことだい？」

「先だって捕まえた、あの大道将棋の香具師《やし》たちのことを追っていけば、すぐに見つかります。詰め将棋の手題を考え、指示を出している方こそ相当な打ち手でしょうから。あたしなんか、到底……」

太刀打ちできないと、お香は一つの石で二羽の鳥を得る手を笹川に向けて投じた。

王手飛車取りのような手である。

一羽の鳥とは、笹川が言い出した桐生頼光の代打ちから逃れる一手。そして、もう一羽の鳥とは、その将棋指しと対戦するための一手であった。

「よし分かった。あの髭面たちを解き放てば、その将棋指しにぶち当たるってんだな」

「おそらくは……」

「対戦はあさってと言ってたな」

笹川の顔が、佐平に向いた。

「へい、そのようで……」

「明後日なら、急いだほうがよろしいかと」

「ああ、分かっておる」

言って笹川は、飛び出すように番屋を出ていった。

お香の読んだように、指し手は進んでいく。


上野元黒門町を出てからの、帰りの道であった。

「たいしたものだのう、お香。町方同心を動かせれば、こっちの手を煩《わずら》わすことなくその将棋指しを探してくれる。だが、それは相手の代打ちとしてであろう。そのあとどうやって、こちらの代打ちにさせるのだ？」

梅白の懸念は、ずっとここにあった。そんな打ち手を探されて、相手の手にあったとしたら、かえってまずいことになるのではないかと、梅白は歩みを止めてお香に詰め寄った。

「いえ、こちらの代打ちなどにはしません」

「なんだって？」

お香も、このあたりが黙りの汐どきと思っていた。

「ここでの立ち話もなんです。できれば、竜さんと虎さんもご一緒に……」

話を聞いてもらいたいと、お香は言った。

となれば、千駄木の寮に戻ってということになる。

「よし、急ごう」

黒門町の番屋にて、佐平と一局指したおかげで、お天道様は真南から少し西にずれたところにあった。途中、昼めしも摂らず不忍池沿いを、梅白とお香は歩く。

鴨の親子が縦一列に並び、不忍池の水面《みなも》を気持ちよく泳ぐ姿に、お香の目は和みを見せた。そして、齢六十をとっくに過ぎた梅白の足どりは軽やかなものであった。

千駄木は団子坂の寮に戻ると、板塀の中から木剣を打ち合う音が聞こえてくる。

「おお、やっておりますな」

梅白が、にこやかな顔をして言った。

鍛錬を欠かすことのない、竜之進と虎八郎の、やっとうの稽古であった。

二人の腕前は、先だってならず者を相手にしたことである程度は知れる。だが、その腕に引きかえ、他人《ひと》との対応の仕方には相当に難があると、お香は思った。

数奇屋門を開けて母屋の前に立つと、梅白の帰宅に気づいた竜之進と虎八郎が稽古着の片肌を晒して近寄ってきた。二人とも開けた胸《はだ》に汗が滴《したた》り、湯気を発している。

お香はそれを、眩しそうな目でとらえていた。

「これ、娘さんがいるのだぞ」

梅白が、家来二人の無粋さをたしなめるように言った。

「申しわけございません。それで、首尾はいかほどに……？」

片肌を袖にしまいながら、虎八郎が訊いた。

「そのことで、お香が二人にも話があるそうだ。体を拭いて、上がってきなさい。昼餉を摂りながら、お香の話を聞こうではないか」

かしこまりましたと、二人のそろう声があった。

五

銘々膳を前にして、まずは元黒門町の番屋での経緯が、梅白の口から家来二人に向けて語られた。

「手前が番太郎の機嫌を損《そこ》ねていたのでしたか。これはなんと……」

申しわけなかったと、まずは虎八郎の詫びが入った。

「まあ、それは済んだこととしてもうよい。それにしても、いかにも複雑なこととあいなった」

「やはり、こんなことに首をつっ込むのではなかったですな、ご隠居」

竜之進がうしろ向きな意見を言った。

「今さらそんなことをもち出すのではない。このお香を見なされ。一人だけ張り切っておるぞ。それでだ、お香から話があるそうだ」

出されたものをあらかた食し終わり、ああ美味しかったと懐紙で口の周りを拭いているお香に、梅白が声をかけた。

「さあお香、話しなされ」

言われても、どこから話していいか分からない。茶を一服啜って、お香は気持ちの整理をつけた。

「実を言うと、あたし三年前に伊藤現斎先生のところを破門になっているの」

「なんだって？」

梅白の、驚く顔がお香に向いた。だが、梅白にも思い当たる節があり、すぐに表情は穏やかなものに戻った。

お香の口から破門のわけが語られる。

唇を嚙んだお香の顔が、にわかに苦渋を帯びたものとなった。

「あたしの兄弟子《でし》で、長七《ちょうしち》という男がいたのですが……」

お香十五歳の秋であった。

将棋の実力も、副師範代に抜擢されようかとの勢いで伸びを示していた。

お香の生活に変化をもたらす一通の手紙が届いたのは、そろそろ木枯らしが吹きはじめようとする季節。朝五ツの鐘が鳴って、しばらくしたところであった。

「――お香姉さん、お宅から書状が届いてます」

書簡が弟子《でし》である伊助《いすけ》の手で、お香の下《もと》へともたらされた。

将棋盤に目を向けていたお香がふと顔を上げたとき、庭に植わった柿の木の、真っ赤に熟した実が一つ地べたに落ちるのが見えた。

「実家《うち》から……？」

おかしいなと思ったのは、父親五平も母親お吉《きち》も無筆《むひつ》であったからだ。

父親の五平が読めるのは、将棋の駒に書いてある文字しかない。ひいては書くことなどなおさらできない。

『お香殿』と、宛名に書かれた文字は達筆であった。

誰が書いたのだろうと思いながら、お香は封緘《ふうかん》を開いた。およそ七寸巾の巻紙が、二尺ほどの長さに切られ、その中に文字が認《したた》められている。

出はじめの一行を読んで、お香は両親が書いたものでないことを得心した。しかし、その一文でお香の胸が、ざわざわとした虫唾《むしず》が騒ぐような感覚にとらわれたのであった。

前略　小生向柳原にて医学療治を務める
花岡拓庵と申す者であいなり候
この度御父五平どのの容態宜《よろ》しからず……

までを読んで、お香の顔が引きつりを見せた。
文章を要約すれば、五平が労咳《ろうがい》を患いその療治としてよく効く、南蛮渡来のペンスランという薬を投与したいがどうかということであった。それを与えれば、治る可能性は七割がたあるとも書いてある。薬を与えられなければやがて死を待つのみとも。ならば、何も訊かずに与えてくれたらいいだろうにと、お香は思いながらも書状の先に目をやった。
その先に『ただし――』と、書かれている。

この薬かなり高額に候にて断りを申すべく候

やはり、そこに来たかとお香は気が沈む思いとなった。だが、父親五平を助けるためにはそんなことは言ってられない。

五平どのを全快するにあたり　さしずめ百両の金子をご用意されたく候にて
五日後の霜月十日までにお届けいただきたくお願い申し上げ候
万端よろしく重ねてお願い候　早々

お香殿

で、文章は締められている。

「……お父っつあん」

将棋を教えてもらった五平の容態が気になるものの、今のお香ではとても百両の金《きん》子《す》など用立てすることはできない。

書状を読みながらにわかに顔色が変わったお香に、伊助が不思議そうな顔を向けている。

「どうかしましたか、お香姉さん？」

「いえ、なんでもありません。いいから向こうで勉強に励みなさい」

言ってお香は、弟弟子の心配顔を避けた。

実家には、この三年帰っていない。父親五平と最後に顔を会わせたときは、血色もよく潑剌としていた。むろん、左官職人としての仕事も一日たりと休んではいないと自慢をしていた。そんな父が、しばらく会わぬ間に労咳に冒され、明日をも知れぬ命となっている。

ぐっとお香の胸に込み上げてくるものがあり、指先の力が抜けた。両手でもっていた書状が、はらはらと舞うようにして畳の上へと落ちる。

向かい合って座る弟弟子の伊助からも、畳に落ちた書状の一端が読み取れた。

「姉さん、百両の金子と読めますが、何かあったのですか？」

金のことが書かれてあれば、これはただごとではない。さらに伊助の眉間が寄って、お香にあらましを訊いた。

「いや、なんでもない。いいから……いや、ちょっと待って」

お香は、伊助を追い払おうと思ったが、気が変わった。

これといった話し相手のいない屋敷ではお香の心のよりどころとなる者はおらず、

目の前にいる伊助に心の捌《は》け口を求めるのであった。

伊助はまだ十四歳と年端もいかぬ子供であるが、師匠現斎を期待させるほどの聡明さをもっている。並の十四歳とは頭の出来がかなり異なる。

ペンスランという、南蛮渡来の薬を投与するのに百両という金が必要である。それほどの金を伊助に相談しても無理なのは分かっている。だが、お香は誰かに聞いてもらいたかった。話すことによって、心の内を少しでも癒せれば、それでよかったのかもしれない。

「伊助に心配をかけたくはないのだけど……」

お香は、伊助に書状を読んでもらうことにした。

伊助は、開かれた書状を手に取ると、ざっと一気に読み終えた。

「これは……」

つり上げた目をお香に向けて、伊助は書簡を戻した。

「お父上が大変なことになっているではございませんか。よろしいのですか、帰ってあげなくても?」

伊助に言われなくても、飛んで帰りたい。だが、帰るには百両という金を持参しなくては意味がない。それだけあれば助かる命である。ただ、顔を見に帰るだけなら、これほど親不孝なことはない。

――娘として、何もしてやれないなんて。

金がお香の心を苛《さいな》む。

将棋宗家といっても、家計の内情は火の車である。若い内弟子たちを十数人も抱え、それを食わせていくだけでも容易ではないと聞く。指南役として幕府から立派な屋敷こそ与えられてはいるが、対局における報酬は微々たるものであった。玄人の棋士では金にならないと、それで金を目的とした真剣師に流れる者も数多くあった。

師匠伊藤現斎に、金の相談をかけることなどとても無理難題なことである。

「それにしても、百両なんて……この世に、そんな大金あるのでしょうか？」

十四歳の伊助には、想像もつかない大金である。相談をもちかけられても、どうしてやることもできず、顔をうつむかせそのまま黙ってしまった。

「ごめんなさいね、伊助にまで心配をかけさせて」

お香は、このとき差し手を間違えたと思った。やはり、伊助には書状を見せるのではなかったと。

「このことは、もう忘れてちょうだい」

言いながらお香は、書状を元のとおり折りたたみ懐の中へとしまった。それを機に、伊助は姉弟子のために何もできないと、もどかしそうな顔をして、お香のいる部屋から辞していった。

午後からは、伊藤家本家の棋士との対局がある。心を惑わせまいと、お香は正座をして瞑想をはじめた。

六

その日の対局は、さんざんな結果となった。

相手の四十五手目で投了する、あっけない敗戦であった。勝つも負けるも、お香としては今までにない最短の手数である。

邪念が一手を狂わし、雪崩《なだれ》をうったように陣形が崩れ、あっという間に王様は取り囲まれた。反撃のきっかけさえつかめぬ完敗であった。

その夜、お香は師匠現斎の部屋に呼ばれた。お香には、なぜ呼ばれたかが読めている。

お香が部屋に入ると、現斎は駒を将棋盤に並べることなく、棋譜を読み取っていた。

この日の対局の棋譜は、すでに現斎の下にもたらされている。

「そこに座りなさい」

棋譜に目を向けながら、現斎は指示した。お香は、黙って辞儀をすると、師匠と向かい合うように正座をした。黙しているのは、頭の中で盤面を浮かべながら棋譜を読み取る邪魔をしない配慮であった。

やがて、棋譜を読み終えた現斎の顔がお香に向いた。笑いも怒りもない、普段どおりの顔であった。

「おまえ、何か心に障《さわ》りがあるのか？」

将棋の名人ともなれば、指し手の流れでもって棋士の心理すらも読み取ることができるらしい。

「…………」

お香は黙ってうつむく。父親の病《やまい》のことで、師匠には心配をかけたくはなかった。勝負師である以上、どんな些細なことでも心の内に余計な負担はないほうがいい。とくに対局のときは。今日のお香は、そのいい例であった。

「三十六手目のこの手は、心に煩《わずら》いがなければ指せぬ手だ。ふと、何かが気持ちの中をよぎったのであろう？」

この師匠には、隠し立てができぬとお香は思った。

「申しわけございません。ご心配をおかけいたしました」

お香は、畳の上に拝伏すると現斎に向けて事情を話した。

「なんと、五平殿が病に臥《ふ》せておると？　それで、薬代が百両とか……」

首を捻り、現斎が考えている。

「はい……」

何を考えているのだろうと、お香も訝しげな目を向けた。表情は、百両という金の捻出についてではなさそうである。

おかしいな、という現斎の呟きがお香の耳に届いた。

「えっ？」

ますます、不思議な思いにかられるお香であった。

「五日ほど前、五平殿とお会いしたがそのときはお元気で……それにしても、たったそれだけの間で、労咳ってのはそんなに酷くなるものかな？」

お香がしばらく実家に帰っていないのを知っている現斎は、神田まで出たついでにお香の近況を報せてやろうと、神田金沢町の宿に立ち寄ったという。弟子のために、たまに現斎は気を利かせることがあるが、それを一切弟子に告げることはなかった。下手《へた》に里心を起こさせては、かえって忍びないと。ただ、互いが息災であることだけは、知らせておいてやろうとの思いやりであった。ただ、何かあったときはその弟子にだけ、そっと打ち明けることにしていた。

そんな師匠の動向を、知る弟子は誰もいない。

「お香は、それを誰から聞いた？」

書状を見せずに、お香は口で伝えたのである。

「はい、対局場でそんな噂を耳にしました」

お香は、脳裏によぎることがあって方便《ほうべん》を言った。

「誰が言っておった？」

現斎は、お香の心を惑わす対戦相手の卑劣な手口と取った。

「いや、それは誰とも……」

「それにしても、汚いやり口よ。まあ、証がない以上、追求は叶わぬがの」

お香は、今日の対戦相手にすまないと思った。ただ、現斎は突き止めることをしないと言ったのが救いであった。

お香の抱く、卑劣な相手はほかにある。

現斎からは平常の心をと諭されただけで、何も咎めがなく一日が過ぎた。

そして、翌日の朝――。

お香は、きのうの一番を将棋盤に並べて、局後の検討をしている。師匠現斎の言っていた心の煩いが見える三十六手目に、気持ちを集中させていた。冷静になって読めば、やはり酷い手であることが分かる。

なるほどと、思ったときであった。

「姉さん、よろしいでしょうか？」

障子の外から声をかけたのは、きのう書状をもたらせた伊助であった。

「ああ、伊助かい。いいからお入り……」

何ごともないような口調で、お香は声を返した。

「姉さん、きのうの対局はさんざんだったそうで……」

部屋に入るそうそう、伊助が言った。

「やはり、お父上のことがお気になったのでしょうから仕方ございません」

慰めるつもりであろう伊助の顔を見ると、きのうとは人相がまるっきり変わっている。お香は、はっと驚く顔をしたが気づかれることなく元へと戻した。

人は相手を見る目によって、人相が異なって見えるのだということをお香は初めて知った。

かわいいと思っていた垂れ気味の目も、今はいやらしげな目つきに見える。形のいい口元と見えたのが、今は下品なにたり口である。目上を気遣う上品な言葉も、今は皮肉が絡んでいるように聞き取れる。見るに耐えない相手であったが、お香は我慢をして平静を保った。

今ここで、心の内を露見するわけにはいかない。夜中一晩、考えたことがお香にあった。

「伊助には、心配をかけてすまなかったねえ」

「いや、いいのです。それで、お金のほうは……？」

「おまえが気にすることはないさ。自分のことだけ心配してな」

「実は、長七兄さんがそのことで話があると。ええ、何かいいお考えがあるみたいだそうで……」

舌なめずりをするような伊助の顔であっても、お香は知らぬぞんぜぬの表情をとった。

「そうかい、それはありがたいねえ。あたしの相談に乗ってくれるのだというのでしたら、お願いしてみようかしら」

「ええ、ぜひそうしたほうがよろしいかと手前も思います。ああ、兄さんに相談をもちかけてよかった」

伊助がほっと胸をなでおろしたのは、これで自分の役目が済んだからだろうとお香は思った。

「それでは、さっそく兄さんに伝えてきます」

「ああ、頼むよ」

――さあ、長七の奴はどう出るかだ。

部屋を出ていく伊助の背中を見やりながら、お香は思った。

それから半刻もしたころであった。

「お香、いるかい?」

お香の返事も待たずに、部屋に入ってきたのは兄弟子の長七であった。将棋の実力では、今では五分と五分である。この一年で、お香のほうが追いついた形となった。

伊藤現斎の後継にはこの長七が就くものともっぱらの評判が立っていた。一番弟子でもあり、部屋頭でもあり、そして実力が伴えば申し分ない後継者である。しかし、一門の総代を継ぐにはまだ二十歳と若い。ただ、師匠現斎はすでに五十の坂を越えて、徐々に衰えが出はじめている。心の臓に持病があった。

長七には、現斎の目が黒い内に足場をしっかりと固めておきたいという気持ちがあった。そのためには、自分より強い者がいてはならない。当座お香は、長七にとって目の上の瘤《こぶ》となっていた。

同じ釜の飯を食って、十年。冷たい水に手を浸けて、一緒に並んで雑巾を絞ってきた仲である。絆《きずな》は相当に深いものだろうと思うのが、誰しもの見方であった。

だが一年、また一年と経つたびに、長七の心はどんどんとお香が鬱陶《うっとう》しくなっていく。

長七がなぜお香を嫌ったか。その理由はたった一つ、お香が女であったからである。将棋は男のものであると思っている長七には、女が強くなるのが許せなかった。長七ばかりでなく、男の門人はみなその傾向にあった。

そして、極めつけはお香の将軍指南役への抜擢である。このあたりから、お香への苛めは増幅していった。

その音頭を取ったのが――。

長七であることは、お香にも読めた。

お香はそんな長七を訝しく思うも、ある程度気持ちは分かる気がして我慢もしてきた。だが、このたびは違う。父親を引き合いに出してきたのだ。

勝負師としてあるまじき、禁じ手であった。

将棋には『二歩《にふ》』という禁じ手がある。縦一列に歩を二枚置いてはならぬという決まりである。間違って指したら即刻負けである。ただそれは、将棋の上での勝ち負けを決めるものだ。一番の取り組みを失えばそれで済むことである。

しかし、長七がこのたび指した禁じ手は、双方の人生を狂わすほどの悪手《あくしゅ》である。

お香は、あえて長七の指した悪手に乗った。

「兄さん。おはようございます」

お香は、普段どおりに挨拶をした。

「ああ、伊助から聞いたんだが大変なことになってるんだってな。実家のほうで……」

お香の表情を、のぞき込むようにして長七は言った。

「伊助が何を言ったか知りませんが、ご心配をおかけして申しわけございません」

殊勝な声で、お香は詫びを言った。

「いや、いいってことだ」

腕を振るって長七は人のよい振りをする。

「それよりも、すぐに行ってやらなくていいのかい?」

「いいえ、対局もたくさんありますし。勝負師が、親の死に目にも会えないのは覚悟の上と端から思っています」

「それは、本心ではないだろう? さしでがましいことを言うようだが、もしかしたら薬代が……ああ、すまない。みんな伊助から聞いてしまったのでな」

どうせ自分が書いた筋書きだろうとお香は思うものの、むろん口にも表情にも出さない。

「百両とは、とてつもない額だよなあ。お香にあてでもあるのかい?」

長七は金のことをもち出してきた。このあたりから、お香にもだんだんと筋書きが読めてくる。

「あるわけございません」

がっくりとした素振りで、お香は首を振った。

「お香は諦めるのかい? お父上だってそれではあまりにもかわいそうというもの……」

「兄さんは何をおっしゃりたいので?」

「お香を、親不孝にさせたくないと思ってな」

親不孝という言葉は、今のお香にとって一番つらいものと長七は読んでいる。長七が指す、渾身の一手であった。これでつっつけば、お香はなびくであろうと。

「何かよい手立てでも……？」

お香は、ひと膝繰り出して訊いた。

「今のお香の実力ならば百両、二百両の金などいとも簡単に作り出すことができるってことだ」

「……いとも簡単に？」

「ああそうだ」

小さな声であったが、長七の耳に届いた。

「お香のために、思いついたことがあるのだが……」

「まさか、それってのは真剣……？」

「しーっ。声がでかいよ、お香」

廊下には人の気配がない。部屋の中にはお香と長七の二人だけである。誰にも聞こえぬはずなのに、長七は慌ててお香の口に蓋《ふた》をした。

「すみません。ですが、それはやってはいけないこと」

「むろんそうさ。だが、背に腹は代えられないともいうだろう。そこでだお香……」

おまえのために考えた手はずがあるのだがと、長七は声音を落として語りはじめた。

七

お香の語りを、梅白と竜之進、そして虎八郎が茶を飲むことも忘れて聞いている。庭に植わる梅の木に止まる、鶯の声さえも耳には届かないようだ。

「長七兄さんの企てに、あたしは乗ってやりましたよ」

長七の企てた案は、ある大店の主同士の賭け将棋での代打ちであった。すでに、長七の下で練られていた筋書きである。

自らが銭を出してもいけないことだが、代わりに指すという代打ちもってのほかである。露見したら即刻破門。まともな将棋の世界には二度と足を踏み入れることができなくなる、一番重い咎めとされていた。

「あたしは破滅覚悟で、その話に乗りました。ええ、その代わり、長七兄さんを道連れにしてね。あんな奴が、これからの将棋を引っ張っていくと思ったら、急に嫌気がさしてきましてね。将棋は好きだけど、家元なんてもうどうでもいいやと。むろん、堪忍袋《かんにんぶくろ》の緒が切れたこともありますが……」

「それにしても、長七という奴は卑劣な男であるのう。なあ、竜さん虎さん」

「御意でありまする、ご隠居」

話を聞いている三人の顔も、怒りにうち震えて顔が赤く上気している。

「それからどうした？」

「もちろん、気持ちを切り換えれば賭け将棋ほど楽しいものはありません。そのときは軽く勝って、百両を手にしました。ええ、みんなあたしのお金。これで、堅苦しい家元ともおさらばできると思ったら、ほーっと肩の荷が下りた気がしました」

お香の代打ちは、即座に伊藤現斎の元に耳打ちされた。これも長七の手はずである。

「そのとき長七の奴、本当はもっと凄い手を狙っていました。それが、本来の目的だったのね。ご隠居様は、王手飛車取りって知ってます？」

「ああ、囲碁でいう両あたりのことであろう？」

「そのようなものだけど、将棋では勝負が決着するほどの必殺技。一手で両方取っちゃおうとする手ですから」

長七は、王手飛車取りにも匹敵するような一手を放っていたのであった。

五十歳を過ぎて、心の臓に持病を抱えている現斎すらをも、一気に潰す手を考えていたのである。お香の賭け将棋を耳打ちすれば、その衝撃で倒れると読んでいたのだ。

目の上の瘤のお香が破門され、師匠の現斎も病に伏せる。これこそ『王手飛車』の必殺技。

若くして、宗家伊藤分家の総代に上りつめる、長七の野望であった。そのための布石を、まずはお香を追い出すところから打っていた。

終局までを読み切った、長七会心の一局となるはずであった。

現斎に耳打ちしたのは伊助の役である。だが、現斎は取り合うこともなく、長七を部屋に呼んだ。

「すべてお師匠様はごぞんじでした。ええ、小さいころから私が什打ちを受けていたのもすべて。それをお師匠様は、私の修業の一環として、見て見ぬ振りをしていたそうです」

師匠現斎を語るときの、お香の言葉は弟子であるときの上品なものに変わる。

「それに引き換え、長七兄さんのばか……」

お香の言葉が反転する。

「ええ、お師匠様はまず長七を破門にし、それについていた伊助たち一派五人を一度に辞めさせせました。お師匠様は『これで溜飲《りゅういん》が下がっただろう』とおっしゃり、私を許すような口ぶりでありました。だけど……」

「だがお香も、そこで門下を辞したということだな」

「はい。理由はともあれ、やはり賭け将棋はいかなる場合でも禁じ手。破門の咎を与えてくれるよう、お師匠様にお願いしました」

長七を破門し、そしてお香までもがいなくなる。

伊藤現斎は、家元の厳格な掟がいずれ名人と目《もく》される二人の才能の芽を潰したと嘆いた瞬間、心の臓の発作を起こし、それから一月後に逝《い》ってしまった。

「私がお師匠様を殺したようなもの……」

お香の、過去の語りはここで終わった。

「……そんなことがあったのか」

お香を見つめながら、梅白は呟く。

しばしの沈黙が、部屋の中を支配する。

鶯の啼き声が、一際《ひときわ》大きく聞こえてきた。

その声に触発されたかのように、お香は再び語りはじめた。

「だからもう、あたしは玄人の将棋指しではないの。お金を賭けて将棋を指す真剣師……」

過去を忘れるために、お香は言葉すらも御俠《おきゃん》なものに戻したという。

「そうだったのか。ならばなぜ、自分が代打ちになると言わなかった？」

「あんな、所領を賭けるようなお馬鹿な勝負なんてどうでもいいんです。それよりも……」

言ってお香は天井の長押を見つめた。

「そうか、それであの三十七手詰めを作った将棋指しを……？」

「はい。そのお方が探し出せたら、代打ちでもいいと。ですが、今日と明日ではいくら町方の旦那でも、探すことはできないでしょう」

「だが、いとも簡単に探し出すことができるようなことを言ったではないか」

「あれは方便。面と向かって断れないし、ああでも言わないと向こうの代打ちにさせられちゃうでしょ」

「左様であるのう」

梅白は大きくうなずき、お香の話に得心を示した。

「そうか、お香は、自分と同じほどの強い相手を探していたのか。それで……」

三十七手詰めの詰め将棋を作った将棋指しを、対戦相手にしたいと梅白たちを動かした。

「まんまとわしらは、お香の指す一手に乗ったわけだ」

「そのようでござりまするな、ご隠居」

すかさず竜之進が相槌を打った。

長手筋の詰め将棋を考案した指し手が見つからなければ、お香は代打ち勝負には乗らないと言う。

「それも、そうであるのう。お香の気持ちは分かる気がする。なにも、萬石屋に加担する義理などこれっぽっちもないのだからな」

梅白は指を丸め、親指と人差し指の間をほんの少し離した。

「しかし、まかせとけと引き受けた以上は、無下《むげ》にもできまい。ん？　もしかしてお香……」

何を思いついたか、梅白は眉間に縦皺を寄せ、顔をお香に向けた。

「そうか、そういうことであったか」

「ご隠居。何がそういうことであったのでございましょう？」

一人で納得している梅白に、虎八郎が訝しそうな顔をして訊いた。

「おまえたちは、先ほどのお香の長い話をどうやって聞いておる。まさか、その間居眠りをしてたのではないだろうな」

「滅相もありません」

手を振って否《こば》んだのは、とばっちりを受けた竜之進のほうであった。

「お香はな、おそらくその指し手というのは、長七という男ではないかと思ってるのだな」

「なるほど。さすが、ご隠居の読みでござりまするな」

お香が答える前に、竜之進が梅白に同調した。

「お香は、その長七という男と勝負したくていろいろと手立てを考えたのだろう。なあ、そうであろう、お香？」

「さすが、ご隠居様。図星でございます」

あれほどの詰め将棋を考案できるのは、そうそうはいないとお香は言う。

「ですが、ご隠居様。それはあたしの勝手読み。相手が誰かというのは、むろん分かってはおりません」

「となれば、それが長七以外の者ならば、お香は引くと申すか？」

「いえ、それほどの指し手なら喜んでお相手させていただきます」

「そうか。だが、その指し手というのが見つからなかったら、その場合はどうするのだ？」

双方とも、代打ちが探せなかった場合のことを梅白は考えていた。余計な世話だと思うものの、気になるところであった。

一万石の領地が懸かる勝負である。やたらめったらな将棋指しを連れてこられないだけに、高岡藩は因果を含めて萬石屋に。そして、加山藩はどういう経緯か分からぬが、同心の笹川に指し手探しを托した。

もし、双方に指し手が見つからなかった場合は――。

梅白が、腕をくんで考えたところであった。

「ごめんくださいまし……」

玄関の戸が開き、声が中まで届いた。

「どちらさまでございましょうか」

下男の応対する声も聞こえてくる。

「手前、萬石屋の主で市郎左衛門と申します。ご隠居様に……」

「竜さん、こちらにお通ししなさい」

かしこまりましたと言って、竜之進は玄関先へと向かった。やがて市郎左衛門が、手代の庄吉をお供にして、梅白の部屋に顔を現した。

「ご隠居様、いかがでしたでしょう。強い将棋指しは見つかりましたでしょうか？」

「見つかったともいえるし、見つからなかったもいえる」

梅白は、お香のことは出さず、曖昧な言い方をした。

「ところで、加山藩のほうはどうなっているのか、何か聞いておりますかな？」

「いえ、手前のほうには何も。おそらく、探すのに苦労をなされていると思われます」

「だろうのう。ところで、もしも双方にこれといった代打ちが見つからなかったら、どうなるのであろうか？」

最前から気になっていることを、梅白は口に出した。

「はい、当方が潰れることに……」

市郎左衛門の頭の中は、将棋の勝負どころではなく、萬石屋の身代のことばかりであった。誰が指そうがそんなのは眼中にない。要は、相手より強い指し手を探して、勝ってもらえばいいのである。それで、三種の証を取り戻すことができる。

「萬石屋さんとしては、ぜがひでも代打ち勝負をせねばならんのですな」

「そういうことです。それで、勝つ以外に道はないのでございます」

崖っぷちに追い詰められた男の、悲壮な訴えであった。

第四章　やらせ将棋

一

「いかがいたそうかのう……」

梅白の困惑した顔に、萬石屋市郎左衛門は肩をがっくりと落とし、打ちひしがれている。

「……弱った」

苦渋のぼやきも口から漏れる。

市郎左衛門には気の毒だがそれでもお香は、同心の笹川が見つけた相手以外は代打ちを引き受けることを拒むつもりであった。

――なんとかしてあげたい。

お香は、自らが代打ちになることは拒むものの、萎れた姿の市郎左衛門を見ていて、いい策はないものかとさかんに頭の中をめぐらせていた。

「……家族六人と、奉公人たち五人が路頭に迷ってしまう」

市郎左衛門の呟きが、お香の耳にも届いた。

「ご家族と申しますと……？」

「家内と、上は十八歳の娘を筆頭に、下は七歳の男の子で四人の子供がおります。嗚《あ》呼《あ》、子供たちが不憫だ……」

同情を引くようにと、市郎左衛門の嘆きはさらに激しさを増してきた。

「お香さん、なんとかならないものでしょうか？」

哀願する声に、お香の気持ちは揺れ動かされそうになる。ここで「けい」と返事ができたら、どんなに楽であろうか。しかし、勝負師としての意地がそうさせない。

どうしようかと考えていたとき、ふとお香はあることに思いが至った。

そのときお香の目は、竜之進と虎八郎をとらえていた。二人並んで座るのを交互に見やっている。そのお香の様を梅白が見ている。

「お香、何を考えておる？」

「ああ、ご隠居様。でしたら竜之進さんと虎八郎さんとで……」

「えっ？」

驚く顔を向けたのは、名指しされた竜之進と虎八郎であった。梅白は不思議そうな顔をして、お香を見やっている。

「もしかして、お香は？」

「はい、この二人を代打ちに仕立てたらどうかと」

「だが、お香。俺たちは将棋のしの字も知らんのだぞ」

本将棋はまったく指せないと、虎八郎が首を横に振る。

「ああ、とてもでないが無理だ」

竜之進が、両手を振って言葉を乗せた。

「それは分かっておりますとも。それでです……」

手立てはこういうことだと言って、お香は考えを口に出した。双方が見つからなかった場合には、それ以外に手はあるまいと一言添えた。

「お二人には一芝居打ってもらうのです」

「ひとしばい……？」

虎八郎の、不安げな顔がお香に向いた。

「ええ、お芝居です。一世一代の……」

「そうかお香、わしには読めたぞ。だが、将棋の指せない二人にどうやって勝負させるのだ？」

並べ方も、動かし方も知らないのである。

「まあ、それは教えてやれば半日もあれば覚えることもできるだろうが、そのあとはどうするのだ？」

多少将棋をかじっているので、梅白はむしろ不安が先にたった。まったく将棋を知らない二人に代打ちをさせるという、お香の案に諸手《もろて》を上げて賛同はしかねる思いの梅白であった。

梅白よりも、顔色を青くしている男二人がいる。

「お香、そんなことは無理に決まってるじゃないか」

「ばれるに決まってる」

虎八郎と竜之進が交互に訴える。

「……嗚呼」

そこに、市郎左衛門の嘆きが混じった。

「竜さんに虎さんが、いいと言わなければ、市郎左衛門さんのご家族たちは路頭に迷ってしまうのよ。いいから、はいと返事をしなさい。まったく二人とも男らしくないのね」

お香は、とうとう男の魂に触れることを口に出した。

「とうとうお香に言われてしまったな。どうだ二人とも、お香に策があるようだから聞くだけ聞いてみたら。このわしも、お香の策を聞きたいところだ。その上で……まあ、いい、それはあとで話すことにする」

梅白にも何か考えがありそうだ。しかし、前にいる市郎左衛門を見て、言葉を途中で止めた。

「ご隠居もそう言ってることだし……」

「お香の策とやらを聞いてみるか」

ここでも竜之進と虎八郎の相談があった。

よし分かったと、二人の声がそろった。

「うん」とうなずき、お香の手はずが語られる。

「お二人は、これから立派な将棋指しになるの」

気持ちが怯《ひる》むものの、竜之進と虎八郎は無言でうなずいた。

「それで、手はずはこう……」

将棋のいろはを教える閑はない。まずは、将棋の並べ方と、動かし方だけを覚えるのだと、お香は言った。

「わしは、二日ほどかかったが、覚えのよい子どもなどは半刻もあれば、そのぐらいはできるようになる。まあ、やる気にもよるが、半日もあれば十分だろう。しかし、その先は……？」

なんとも言えぬと、梅白は口を噤《つぐ》んだ。

「それだけはなんとかして覚えて。そのあとは……」

そのあとは、お香が覚えている将棋の指し手から一番拾って、その棋譜を丸暗記する。お香がかつて対局したとおりに駒を動かすだけでいいのである。

「簡単よ。あとは、将棋の手練らしく振舞えばそれでいいの」

「いいのって……」

「ご隠居……」

そんなんでうまくいくのかと、二人は曇る顔を梅白に向けた。

「少々荒っぽい手だけど、いい考えかもしれぬな。わしはお香の案に賛同する。あとは二人の芝居がどうかだな」

梅白は、お香の策を聞いて、密かにほくそ笑んでいた。その心根まではお香はまだ気づかないでいる。

領地を賭ける不埒な藩主たちを、どう懲しめてやろうかというのが、梅白の考えるところであった。


これで、代打ちが見つからない場合の代打ちの都合がついた。

そしてお香が手はずを語る。

「九十手ほどの、短い手数ならば将棋を知らなくても覚えられる。あと問題は所作よね。ここがお芝居の大事なところ。ぺたぺたとただ指しているだけでは不自然でしょうから、少しは考えたり、ときには『困った』とか『まいった』とかのぼやきを漏らしたりして、体裁《ていさい》をつけなくては。これが、将棋ができない人の難しいところかも」

明後日——。

場所は吾妻橋《あずまばし》で大川を越えた北本所にある加山藩の下屋敷で、朝四ツの対局開始と決まっている。

それまでに竜之進と虎八郎は、お香から与えられた棋譜と、所作を身につけねばならなくなった。その前に、並べ方と動かし方を覚えねばならぬ。

「言っておきますが、これはやらせ将棋ですからね。三種の証を取り返し、萬石屋さんを潰させないのはともかく……」

「高岡藩の馬鹿殿が出した、一万石の領地を賭けるなんてもってのほか。領民のためにも懲らしめてやる」

お香の言葉に、梅白が憤慨こめて心に抱いていることを言った。

「ご隠居さん方って……？」

いったい何者と、市郎左衛門が言おうとしたところに、梅白は重ねた。

「なんども言いますが、ただの納豆屋の隠居ですよ」

「左様ですか……」

得心いかぬ目つきで梅白を見るも、ともあれほっとしたのは萬石屋市郎左衛門であった。あとは任せ、この頼りない二人がうまくやってくれるかどうかを祈るだけである。

誰が指そうが、萬石屋にとっては関係ない。それがやらせであろうがなんであろうが、高岡藩が勝てばいいのである。とりあえずは、対局だけは成立するだろうと市郎左衛門はほっと安堵の息をついた。

「それでは、明後日。よしなにお願いいたします」

深く頭を下げ、市郎左衛門は肩の荷が下りたような、来たときとは表情も一段と異なり、暗い影は潜め、明るさを帯びた様子で帰っていった。

「もし、見つからなかった場合、笹川をどう説得するかだな」

この手を指すからには、もう一つ乗り越えなければならない問題があった。その憂いが、梅白の口から漏れた。


竜之進と虎八郎は、将棋の基本である駒の動かし方と、最初の並べ方の所作をお香から手ほどきを受け、その日夜までかかりようやく覚えることができた。

お香はよっぴて、覚えている将棋の棋譜を書き記す。

翌日は、朝早くから手順を記した棋譜が与えられ、その手順を頭に叩き込むことになった。

「こんな難しいこと、俺たちにはできねえよな。なあ、竜さん」

「まったくだ」

のっけから、二人の口から愚痴が漏れる。

「何を言っておるのか二人とも。お香などは、それをずっと頭の中で覚えているのですぞ。しかも、一局二局ではなく、何十何百という将棋の棋譜をです。なあ、そうだろうお香」

「えっ、まあ……」

梅白の言葉に、お香は濁すような返事であった。

「ですから二人ともなんだ。いい若い者がのっけから愚痴など吐きおって、見苦しいとは思わぬのか」

梅白から叱咤され、竜之進と虎八郎は盤に向かい合いながら、がくりと頭《こうべ》を下げた。

「とりあえず、今日一日ある。それだけあればしっかりと覚えられるでしょう」

かっかっかと、梅白の高笑いが部屋の中に轟《とどろ》く。

――ひとの気も知らないで。

そんな気持ちがこもった面相をつくり、竜之進と虎八郎は互いを見やっている。

棋譜は渡した。

「それでは並べる所作からもう一度……」

お香は伊藤流配駒を繰り返し覚えさせ、うまく並べられたら次の段階に進もうと思っていた。

将棋指しらしく、最初から見せるのが肝心であった。

「まずは、よろしくお願いします。からでしょ」

配駒をする前に一礼がある。それを怠って駒を握るとさっそくお香からお叱りが入った。

「最初からやり直し」

顔に似合わず、意外と厳しい師匠である。

――お香のやつ、覚えてろよ。

そんな心根が見て取れる、虎八郎の形相であった。下を向いて駒を並べているので、お香からはその表情を読み取ることができない。

「それでいいでしょう。よくできました。そしたら次ね……」

――餓鬼の手習いじゃないいんだ。馬鹿にするな。

これは竜之進の感想である。

二人とも、このようにやる気がない。なんで、こんなことで俺たちが苦労をしなくてはならないのだというのが、偽らざる心境であった。

だから、動かし方を覚えるのも人並みに遅かった。そんな気持ちで、はたしてこの先九十手の手順を覚えることができるだろうか、との懸念があってお香の口もだんだんときつくなっていった。

ともかくも、最初の段階はまがりなりにも理解ができたようだ。

「あとはこの手順を繰り返し覚えるだけ。いい……?」

「はい、分かりました」

寺子屋で習う子供のような二人の返事であった。

七六歩と虎八郎が先手番で指し、対局ははじまる。九十手目の六八銀成らずまでを覚えるのである。

生まれて初めて本将棋を動かした二人にとって、それはとてつもなく難儀なことであった。

二

竜之進と虎八郎に、ひと通りの手順を授け、朝の四ツ刻にお香は梅白と共に上野元黒門町の番屋に赴いた。

「おっ、ご隠居さんにお香ちゃん……」

二人を機嫌のいい様子で出迎えたのは、番太郎の佐平であった。きのう指した一局の将棋で気が合ったか、お香に向けて親しみのこもった呼び方をした。

「笹川様はおいでかな？」

朝四ツに会おうと、きのうの別れ際で言ってある。いかんせん、笹川の首尾によって事態は変わるのである。もし、お香が意図する将棋指しが見つかった場合は、竜之進と虎八郎はお役ご免となり特訓からは解放される。これからは一緒に将棋を指せると、梅白は喜ぶ思いであった。

将棋駒を動かせるようになっただけよい。

——これはお香に感謝せねばならんな。

そんな思いが、梅白の気持ちの内にあった。

「いや、まだ来ておりませんが……」

「そうですか。ならば四ツにこちらで落ち合うことになってますので、少々待たせてもらいますかな」

「へい、でしたらこちらに」

言って佐平は、二人を番屋の中へと導く。

「ところでどうですか、相手は見つかりそうですかな？」

「いや。あれからはここには姿を見せてませんので。もし見つかったらきのうの内に来るはずでしたが……」

来なかったのは、まだ見つかっていないからだろうというのが、佐平の読みであった。

「左様ですか……」

思ったとおり、笹川のほうも苦労をしているようである。

「そいつは弱っておりますでしょうな」

梅白が、顔に含む笑いを潜《ひそ》めて言ったところであった。

「ああ、まったく弱りましたよ」

言って番屋の奥に入ってきたのは、黒紋付きの羽織を着込んだ定町廻り同心の笹川であった。

「ご隠居とお香、待たせてすまなかったな」

「いや、手前どもも今来たところでして。ところで、いかがでしたかな、笹川様？」

納豆屋の隠居として、梅白は振舞う。

「いやな、あの髭面野郎に将棋指しのことを聞き込んだんだが、端《はな》の内は知らねえの一点張りでな。それが、様子からして知らないのではなく、知っていても惚《とぼ》けているとしか思えねんで。八丈島に行きてえのかってちょいと脅かしてやったのよ。そしたらな、どうやらお香のいう将棋指しは江戸にはいねえらしいんだ。ああ、将棋指しの名かい？　そいつは本当に知らねえって言ってやがった」

「……江戸にはいない」

「ああ、どうやら上方《かみがた》のほうに行ったそうだぜ。それじゃあ、今日中に連れてくるのは無理だいな。そこでだお香……さん」

頼みごとになるときは、敬称をつける。笹川の言いたいことは、お香にも梅白にも読み取ることができた。

ここが機だとばかり、梅白はすかさず口を挟む。

「さしでがましいようですが、笹川様……」

「なんだい？」

「その将棋指しが見つからなかったときのことを考えまして、こちらで二人の対局者を探しておりました。それが、二人とも将棋が強いのなんの……」

言った梅白に、笹川の訝しげな顔が向いた。

「なんでそんな真似をするい？　あんたらは、今度の大名たちの賭け将棋には関わりねえんだろ？」

「いやそれが……」

梅白は、高岡藩からの筋で頼まれていることを笹川に告白した。

「なんでえ、そうだったのか。もしかしたらとは思ってたがな。それじゃあ、お香はこっちのほうに乗れねえやな」

笹川の苦渋の顔がお香に向いた。

「いや、心煩わすことはございませんぞ、笹川様。お香がこの勝負に出るには、その将棋指しが見つかったときだけと決めております。なあそうであろう、お香」

「ご隠居様の言うとおりです」

――いったいどこの誰？

笹川の話を聞いていて、お香はそのことばかりが頭の中を駆けめぐっていた。だが、その者は江戸にはいないという。もう今はそんなことを考えていても仕方がない。お香は気持ちを戻して、梅白と笹川のやり取りを聞いていた。

「もし、その将棋の指し手が双方見つからなかった場合はどうなるのですかな、その大名同士の勝負というのは？」

「なんだい、さっき二人見つかったと聞いたところだぜ」

「いや、こんな馬鹿げた勝負を、大名にさせてよいものかどうか。できれば……」

「やめさせてえよなあ。まったくこんなことで、人の手を煩わせやがる」

笹川も憤りを感じているようである。

「それでどうなるのでしょうかねえ？」

梅白が、顔をのぞき込むようにして訊いた。

「どうなるもんだか知ったこっちゃねえが、俺の場合はおいそれとはしてられねえんだ。役人の内で将棋が強いというだけで、俺は将棋指し探しをあるお偉いさんに命ぜられたのだからな。それも三日前のことだ。まあ、そのお偉いさんの顔が潰れ、俺は八王子かどっかに追放されるだろうよ。だから、誰でもいいから……いや、そん所そこらの将棋差しを連れていっては、やっぱり八王子だろうなあ」

「それはお困りでしたでしょう」

「そこで俺の窮状を見かね、佐平が代打ちを引き受けてくれると言ったんだが、それは断った。佐平は、今は番屋の番人だ。賭け将棋に手を出したとあったら、いくら許しがあったとしても役人の端くれとして示しがつかねえ。だから、この番屋にいる以上は駄目だと断ったのだ。ああ、知り合いも紹介するなともな」

それでもお香と一局指させたのは、焦りがあったからだという。万が一には佐平をと。だが、お香には敵《かな》わなかった。

厳つい顔をして、意外に情の厚い男だと梅白は思った。

「……見かけによらぬものだ」

「何か言ったかい、ご隠居？」

梅白の呟きを、笹川がとらえた。

「いいえ、なんでもありません」

「ご隠居様、やはりここは例の手を詳しく……」

　お香は、梅白の耳元で囁いた。

「うんそうだな」

　梅白も、小さなうなずきを返す。

「でしたらさしでがましいようですが……」

「ああ、そんなようなことをさっきも言ったな。二人用意しているとか、なんとか。詳しく聞かせちゃくれねえかい？」

　笹川が、安堵の気持ちからか、体を乗り出して訊いてきた。

「はい。手前どもも乗りかかった船。お香の筋で、かなりの実力の将棋指しが見つかりましたのでその者たち、いや、その者はいかがかと？」

　梅白は、先に止めておいた話をここで語ることにした。

「そいつはありがてえ、その手で行くとするか。強い将棋指しを探して刈局さえできれば、勝とうが負けようがこっちには関わりねえ。それで顔が立ちさえすりゃあいいこったからな。ところで、その将棋指しってのは誰だい？　相手に報せといてやらなきゃいけねえんで、教えちゃくれねえか」

厳《いか》つい顔をほころばせながら、笹川は饒舌《じょうぜつ》となった。よほど、焦っていたのであろう。

「はい。虎八郎と申しまして、相当な指し手であるのはたしかです。玄人の棋士であれば、七段ともいわれているほどの指し手です」

梅白は、いいかげんに吹いた。お香が下を向いて笑うのに、笹川は気づかないでいる。

「よし、虎八郎というんだな？　はて、どこかで聞いたことがある名だな。まあいいや、誰だって強けりゃ。さっそく先方には見つかったことを報せておく。相当強い、将棋指しだってこともな」

ここでもほっと安堵の息をつく者が一人いた。大名同士のへぼ将棋が、ここまでも人たちの心をいたぶる。

梅白の顔が憤りで歪みを見せた。

「ところで笹川様、あすの対局には虎八郎の付き人で、手前が立ち会ってもよろしいかな？」

「ああ、それを含めて言っておく」

これで梅白は、対局室で控えることができる。

「あっ、そうか。虎八郎って……」

笹川は気づいたものの、ここは梅白とお香の手にかけることにした。何か策があるようだとの勘は、定町廻りの同心として働いたものであった。

「ところで、ご隠居さんは何者？　ただの納豆屋の隠居とは思えねえが」

笹川が、言葉をあらためて訊いた。

「いや、ただの納豆屋の隠居ですよ。かっかっか……」

高笑いを発し、梅白は最後まで身分を明かさずに笹川を相手にした。


町方同心の笹川からあとは任せられ、梅白とお香は上野元黒門町の番屋を出ると、長者町にある、骨董商『萬石屋』に立ち寄ることにした。

「あんじょうよく、笹川という町方の役人はそれで行こうと申されましてな、むしろ喜んでおいででした」

代打ちを竜之進と虎八郎の対戦でもって、お茶を濁すことにする企てである。

「かくなる上は、昨日考えた手立てで行くことといたしましょうかな」

梅白は、市郎左衛門に告げた。

「かしこまりました。それではさっそく高岡藩にうかがい、ご家老の戸田様に申し伝えてまいります」

「高岡藩の指し手は竜之進」

「竜吉さんではございませんので？」

「本当の名ではどうも……。それに竜之進のほうが、貫禄がありましょう？」

「そういえば、そうですね」

市郎左衛門も得心する。

「棋士であれば、七段のつわものであると申せばいいでしょう」

竜之進の将棋のほどを、市郎左衛門は知っている。だいじょうぶかと、不安が顔にあからさまとなった。

「いや、ご心配にはおよびませんぞ。万事任せておいていただくがよろしい」

どの道竜之進が勝つ、やらせ将棋である。先に、勝負の行方が分かっているので、これほど市郎左衛門にとってありがたいことはない。梅白の自信溢れる言葉に、市郎左衛門もほっと安堵の息をつく。

「これもみな、梅白様のおかげでございます。あっ、お香さんにも礼を言わねばな」

まだ終わってもないのに、身代を潰すことがなくなったと、土下座をせんほどの喜びの表し方であった。

朝方の、竜之進と虎八郎が一所懸命棋譜を覚えているところの、その様を見たら、けっして礼など言えぬであろう。

知らぬが仏とはこのことだなと、梅白は思った。

浮かない顔をしているのは、お香だけである。

笹川たちが、お香の望んでいた相手を探してくれているものと期待していたのだが、はからんや外れてしまった。やはり失意の感は否めない。

「どうした、お香。主が礼を言っておるぞ」

返事のないお香に、梅白の顔が向いた。

「あっ、はい……ごめんなさい、聞いてなくて」

「そうか、お香が指したい相手というのが出てこなかったからか」

お香は、もしかしたら長七かもしれないと思っていた相手に未練を引きずっていた。

梅白にはお香の憂いが分かっていた。

「でも、ここまで来たら仕方あらんだろう。もう諦めなされ」

「はい、もうそのことは考えません。あとは竜さんと虎さんがうまく演じてくれるよう……」

手ほどきすることだとお香は言った。

「左様であるな。びしびしと教え込んでくれ。ところでご主人、そこで頼みなのだが」

「なんでしょう？」

「明日の対局には、お香を竜之進の付き人として立ち合わせてもらうことはできるかな？」

「それはもう、当然でございましょう。戸田様にも申しておきます」

これでお香も、対局室で控えることができる。

いっとき敵同士となる、梅白と虎八郎対お香と竜之進の図ができ上がった。

三

千駄木は団子坂の寮に戻った梅白とお香はさっそく、一所懸命将棋の棋譜を覚える竜之進と虎八郎の様子を見ることにした。

「うまくやれるかのう、あ奴ら……」

ここまでがうまく行きすぎているので、あとの心配は二人の出来にあった。

「だいじょうぶだと、思うけど……」

梅白と同じ思いか、お香の首が斜交いとなった。

「でも、ここまで来たらいやでも任せるしかないでしょ」

「うむ、お香の言うとおりだ」

廊下を話しながら歩いてくる、梅白とお香の声が対局の棋譜を覚える二人の耳に入った。

「どうやら、お帰りになったようだな。竜さん」

「ああ……」

面倒くさいことに巻き込まれたと、二人の顔に書いてある。やる気がないから、ちっとも覚えることができない。だが、ご隠居の前ではそんな愚痴は言えぬと、表情だけは取り繕うことにした。

「お帰りなさいませ」

障子戸を開けたと同時に、竜之進と虎八郎の声がそろって聞こえた。

「おっ、竜さんに虎さんやってますな」

部屋の中央に置かれた将棋盤を見て、梅白の顔が緩みをもった。

お香は、盤面を見て唖然としている。そして、あと半日で覚えられるかどうか、不安が瞬時にして胸をよぎった。

縦一列に歩が三枚も四枚もある。王様が、二つとも同じ向きを向いている。何も書いてない駒があるのは、金将が裏返しとなったものだ。香車が相手陣地の一番奥で上を向き、その先には進むことができないでいる。不思議な光景はまだまだあるが、枚挙にいとまがない。

それまで、機嫌のよさそうであったお香の様子がにわかに変わる。それに気づいた竜之進と虎八郎の顔に怯《おび》えが奔《はし》った。

こと将棋に関しては、お香は一直線になる。普段は、鶯の啼くような澄んだ声なのだが。

「何よその将棋。あんたら、いったいやる気があるの？」

いざ将棋のことになると、伝法な言葉が飛び出してくる。とくに、将棋を貶《けな》されたようなことをされると、余計にその傾向がある。

「……あんたらだって」

あんた呼ばわりされた虎八郎の、いかつい目がお香に向いた。

「言われるのがいやなら、ちゃんと教えたとおりにやりなさいよ」

虎八郎の呟きを、お香は耳にとらえていた。

このやり取りを、傍らで梅白が笑いを堪えて見やっている。

お香が書いた棋譜どおり、順序良く指していればこうはならぬはずだ。

——どうしたら、こういう図になってしまうんでしょ？

首を捻ってお香は考える。

「やはり、やる気のない人たちに、触りだけを教えても駄目なようね。根性から鍛えないと……」

このあとは、ずっとついていなくてはいけないだろうと、お香は抱いた危惧に、ふーっと長いため息を一つ吐いた。

お香の説教に、竜之進と虎八郎はこの先を思いやってか、がくりと両の肩が落ちた。

「これから、特訓ね」

お香はポキポキと指を折って鳴らそうと思ったが、骨が細くて鳴らない。

「ということは、お香が望む対戦相手というのは……」

「ああ、見つからなかった。ということなので、竜さん虎さんよろしく頼みましたぞ」

かっかっかと、またも梅白の高笑いが屋敷中に轟いた。

さてこれからどうしようかと、考えているのはお香である。

このまま対局の場に出たとしたらとんでもないことになる。将棋を一度でもかじった者なら、一目で気づかれること請け合いだ。

お香は、つきっきりで手ほどきをすることに決めた。

「まずは、最初から並べ直して」

口調もさらにきつくなる。

「挨拶がないでしょ」

「はい……」

すべてはお香の指図どおりに、竜之進と虎八郎は動く。

「竜さん。飛車と角が逆。ばっかじゃない」

しくじるたびに、お香の辛辣な叱咤が飛ぶ。

「……ばっかじゃないって、言いすぎだぞお香」

しかし、その声は自分だけに聞こえるほどの小さな声であった。

お香に萎縮してか、竜之進が間違えて並べる。

「あっ、そうだったっけか」

口から出るのは、思いとは反対のこととなった。

「そうでございましたかでしょ」

言葉ひとつにもお香の叱咤が入り、竜之進はこの先口を閉ざすことにした。

そのほかの駒は、きちんと並べられている。飛車角さえ反対に置かなければ、どうにか配駒だけはできるようだ。

お香は二人に、最初から基本である各駒の動き方を試させてみた。歩と香車の動きは間違いがない。桂馬飛びがややこしそうだ。二つ先の一筋《ひとすじ》右という変則な動きに、初めて将棋を覚える者は戸惑いがある。

ともかく、間違いのないほどに駒を動かせるようにはなった。それを踏まえて、九十手の指し手を完全に覚えなければならない。

どんなに弱くても、将棋の理屈を知っていれば容易《たやす》いことなのだろうが、なんせ本将棋を並べたのは、生まれて初めての二人である。最初の四、五手ほどならばどうということもないが、それを過ぎたら――。

「ああ、もう一日あれば……」

焦燥がお香の胸を突く。

翌朝、五ツの鐘が鳴るぎりぎりまで、棋譜を覚えさせられた竜之進と虎八郎の目の周りには、黒い隈《くま》ができている。

特訓の甲斐あってか、一晩かかってなんとか恰好だけはついたようだ。

竜之進に虎八郎ともに見栄えのある男たちである。黒紋付きに袴の正装になると、両者ともそれらしく見える。

「とりあえず、見てくれだけはよろしいな」

梅白が、ほっと一息ついた。

「目の周りにできた隈が、凄みを増してますね」

お香が満足そうに言った。それなりに勝負師らしく見えるということだ、。

「さて、出かけましょうか」

朝五ツの鐘が鳴り終わるのを待たずして、四人は団子坂の寮をあとにした。

上野池之端から、下谷広小路に出て町駕籠を拾う。前の二挺に梅白と虎八郎が乗り、少し遅れてお香と竜之進が乗った。

この瞬間に、二組は敵同士と変わる。

大川端を二町ほど行き、北本所表町の辻を左に折れてつきあたったところに、加山藩の下屋敷がある。

下谷広小路の三橋を渡り、上野山下から寛永寺の門前町の辻を折れ、浅草に出て吾妻橋で大川を渡る。

駕籠で急げば、半刻とはかからない道のりであった。

四ツは巳《み》の刻に四半刻ほど残して、梅白と虎八郎が加山藩の下屋敷に着いた。

対局者を出迎えるため、門前には三人の侍が立っている。どちらの藩の者かまでは判別できない。

「こちらが、加山藩代打ちの虎八郎殿。そして、手前がその付き人で梅白と申します る」

「はっ、当家家老である川西《かわにし》からうかがっております。お待ちいたしておりました。さあ、こちらにどうぞ……」

笹川のほうから報せは届いているようだ。家臣二人が先達《せんだつ》に立って二人を案内する。扱いは思ったより丁重であった。

少し間を置き、お香と竜之進の乗った駕籠が二挺、下屋敷の前に横づけされた。心配そうな顔をして待っていた、萬石屋の主市郎左衛門が、一目散に駕籠に駆け寄ってきた。

「待っておりました」

お香も市郎左衛門の顔を見て、ほっと一息ついた。こういうところで、知り合いがいるというのは心強いものだ。

竜之進は手練将棋指しらしく寡黙を装い、威厳を顔に顕している。お香からは余計なことをしゃべるなと、釘をさされている。

小さくうなずいて、市郎左衛門の挨拶に答えた。見るからに頼もしげな竜之進に、市郎左衛門の顔は自然と綻《ほころ》びを見せた。


市郎左衛門が、門前に立っている五十歳にも手が届きそうな恰幅のいい武士に一言二言に話しかけると、大きくうなずく様子がお香に見て取れた。

紹介をされなくても、市郎左衛門の話に出てきた家老の戸田鉄久とうかがえる。

お香と竜之進はゆっくりと、物怖じすることもなく戸田に近寄っていった。一間ほどに近寄ると二人は歩みを止め、腰を折って無言でお辞儀をする。市郎左衛門から紹介があるまで、自らを名乗らないのが紹介者への礼儀と心得る。

「このお方が高岡藩ご家老の戸田様……」

市郎左衛門が、竜之進とお香を戸田に引き合わせた。

「左様か。初めて目にかかるが、戸田と申す。本日はよろしく頼む。ぜひ勝ってもらいたい」

威圧のこもる目で、戸田は竜之進を見やった。負けたら容赦はせぬぞと、そんな思いが顔に書いてある。

竜之進も負けてはいない。目の周りに隈ができた顔で睨みをつけろ。鬼気迫る形相であった。

「こっ、これは申しわけない。余計なことを申してしまった。これ、このとおりだ」

言って戸田鉄久は、腰を半分に折って深い謝辞となった。

「まあまあ、戸田様……。こちらが本日代打ちをしていただける、竜之進様でございます。この娘さんは、竜之進様のお弟子ということで、立ち合わせていただきます」

「うむ……竜之進です」

口をへの字にして竜之進が小首を下げた。

これで市郎左衛門の両者の紹介は済んだ。

「弟子の香です」

――竜さん、なかなかやるじゃやない。

まずは上々と、お香の顔は満足気であった。

四

加山藩の家臣に案内されて、下屋敷の中へと導かれる。

萬石屋の市郎左衛門は立ち会うことが叶わず、下谷長者町の店で吉報を待つという。対局の間《ま》には、当事者である浜松越中守盛房と桐生丹波守頼光の姿はない。それぞれ、奥の御座の間で勝負の成り行きを、自らの手で盤面に並べるために控えている。

対局場では代わりに江戸家老の、高岡藩は戸田と加山藩は川西が、立会い人となって直《じか》に対局を見届ける。

対局を前にして、両陣営の引き合わせがあった。家老二人を前にして、梅白とお香がそれぞれの打ち手を紹介した。

まずは梅白からの口上である。

「こちらにおりますのが虎八郎と申し、以前は七段の免状を与えられた者。今は、一介の将棋指しとしてならしております」

そして次に、お香が口上を述べる。

「ここにおります指し手の名は竜之進。ある宗家門下から脱却した手練の棋士。やはり七段まで上り詰めた者でございます」

ここで、両者にらみ合うのが手はずの内であった。

竜之進と虎八郎が眼づけを飛ばし、盤上で火花が散った。

「おっ、にらみ合いでござるぞ。お互い気迫がこもっておりまするな、戸田殿。これは迫力がある」

　竜之進と虎八郎の目の周りにできた黒い隈が、なんともいえぬ凄惨さを醸し出している。

「左様でござりまするな、川西殿。この対局のために、両者とも相当に習練を積まれたものと思われまするのう」

「しかも、両者の名がよろしかろう。奇《く》しくも竜虎の対戦とは、壮絶な闘いが予想されまするな」

「殿にも会わせたいものですな」

「いや、それは叶いませぬ。この将棋は、奥の間で殿たちが指す将棋でありますからな」

　代打ちとは名ばかりで、それぞれについた将棋指しが指した手を、そのまま殿様たちは盤に並べて自分たちの勝負に見立てるという。指された手は逐次《ちくじ》家臣の手によって、殿様たちのところにもたらされる。

　家老二人の会話を聞いていて、片腹痛いと思ったのは、梅白とお香の二人であった。

「これは、勝っても負けても恨みっこなしでござりまするからな、不正など絶対なきよう」

川西が、戸田に向けて言った。

「心得てござる、川西殿」

戸田が返して、対局前の儀式は終わった。

加山藩の家臣の手で、厚さ七寸の将棋盤が用意されて、十畳間の真ん中に据えられてあった。桐箱に入った将棋の駒が、盤の上に載っている。

対局者が東西に分かれるよう、盤が置かれている。それを挟んで、東に虎八郎。そして、西に竜之進が厚い座蒲団の上に載った。脇息《きょうそく》に片肘を載せて手合いのはじまりを待つ姿は、堂々たる貫禄があった。

見栄えだけは、上等なものだと梅白もお香も安堵する思いであった。

対局者を挟んだ上手に、戸田と川西が座る。両藩からかり出された若い家臣が二人、それぞれの家老の付き添いにつく。

戸田の座る膝もとには、一通の書簡がある。そして、川西の座る脇には、紫の風呂敷に包まれた箱らしきものが置いてある。

書簡はおそらく、一万石の領地を受け渡す覚書であろう。そして、風呂敷の中身は三種の証と見うけられる。

その争奪戦が、これから竜之進と虎八郎の将棋の対局によって繰り広げられようとしていた。

緊張が部屋の中を支配する。

言葉を交わす者など一人もいない。沈黙の内に、大川を跨《また》いで浅草寺から打ち出す四ツの鐘の音が聞こえてきた。

「対局のときとなりました。駒を並べてください」

若い家臣の一人が、勝負開始のときを告げる。

竜之進はおもむろに、桐箱から袱紗に包まれた駒を取り出すと、盤の上に山を築いた。

伊藤家流の所作で、盤上に交互に駒を並べていく。このあたりはみっちりとお香から手ほどきを受けているので、動作に澱《よど》みがなかった。

――ゆっくりと、なるべくゆっくりと交互に並べていく。そうそう、その調子……。

見ているお香は気が気でない。

飛車と角行が逆にならず、どうやら無事に配置が済んだようだ。

「それにしても、駒を並べるところからして、われわれの将棋とはちょっと違いますな、川西殿」

戸田の感心こもる言葉を聞いて、四人がほっと安堵したのもつかの間であった。

「それでは、先手後手の振り駒をさせていただきます」

言って家臣の一人が、虎八郎の並べた陣から五枚の歩を抜き取った。

「おい、どこにもって行くんだ？　ひとがせっかく並べたのに」

虎八郎が、家臣の所作にいちゃもんをつけた。

「えっ？」

と、瞬間家臣の驚く顔があった。

「これを振って先手後手の番を決めますので」

なおさら驚いたのはお香であった。棋譜と所作を伝授するだけに気をつかっていたお香は、すっかりとこの儀式があることを失念していた。

――そんなの聞いてねえよ。

思う対局者二人に焦りの色が見える。

「どちらか裏表を言ってください」

手ほどきでは先手虎八郎、後手竜之進と決めてあった。そして、九十手目の決め手は竜之進が指し、高岡藩が勝つという寸法である。

もしこの振り駒で先手後手が入れ替わったら、万事が休《きゅう》す。とても、相手が指す手など覚えてはいないであろう。

五枚の歩を放り投げ、歩が三枚以上出たら表。と金が三枚以上出たら裏。そのどちらかを決めなくてはいけない。

竜之進が覚悟を決めて『うら』と言った。

と金が三枚出たら――竜之進の先手。南無八幡と祈るだけである。

「それでは……」

言って若い家臣は、上に向けて五枚の歩を投げ放った。駒が花びらのように、舞い落ちて、やがて畳の上に散らばった。

はたして――。

「裏が三枚、当たりですな」

散らばる駒は、と金が三枚。竜之進が先手となる。ならば、どの駒を動かしていいのか分からない。後手番の手しか覚えてないのである。

焦ったのは、竜之進ばかりでない。虎八郎も同じである。いや、お香も梅白も――。

「それでは、先手は加山藩の虎八郎殿と決まりました。どうぞ、指しはじめてくださ い」

「えっ？」

と、驚いたのはお香であった。普通と違うとの思いがある。

「逆とお思いでしょうが、殿からのご通達で当たりは後手の手番とされております」

「左様ですか」

不合理とはいえ、殿様同士の決め事である。人生何があるか、最後まで諦めてはならぬという教訓にも思えた。

のっけから、心の臓が縮む思いの四人であった。


交互に指しつづけ、順調に手が進む。

三十手目あたりまでは、なんら問題もなくどうやらやってこられた。そろそろ中盤に差しかかり、難しい局面となってくる。だが、もとより一晩徹夜して覚えた棋譜である。

三十一手目を虎八郎が指した手で、竜之進は長考に入った。

お香からここでは少し考えろと言い含められている。しかし、竜之進の頭の中は閑であった。とにかく何か考えていなくては間がもてない。夕餉の御菜《おかず》はなんだろうなどと、そんなことを考えている。だが、目は盤上に据わり、いかにも手を読んでいるかのように見えた。

竜之進が、今夜は鯖《さば》の味噌煮かなんかが食いたいなあと思った瞬間、次に指す手を失念してしまった。

——困ったな。余計なことを考えていたおかげで、次の手を忘れた。

それからというもの雑念を捨て、必至に次の一手がなんであったかを思い出していた形相は、凄まじきものがあった。

四半刻に亘《わた》ってもなかなか指さぬ竜之進の様子がおかしいと見たのは、お香と対戦相手の虎八郎であった。

しかし、立会いの家老たちにはそれが別にとらえられている。

「それにしても、すごい気迫でございますなあ。戸田殿……」

「はあ、次の一手を奥の御座の間にいる殿たちはおそらく息もつがずに待っていることでしょうな」

「いやはや、この真剣勝負の雰囲気を実際ここにいて、味わっていただきたいものでございますな」

「それが叶わぬ殿というのは、おかわいそうなものでございますのう、川西殿……」

顔を真っ赤にして考えている竜之進には、そんな家老同士の会話は耳に入らない。

「……まずい。飛車だったかな角だったかな。ああ、どっちだか忘れた」

むろん誰の耳にも聞こえぬほどの小さな声である。

「嗚呼、まいったな、困ったな」

竜之進の口から、やたらとぼやきが漏れる。

「おっ、ぼやきが漏れましたぞ、川西殿……」

「相当に、難しい局面なんでしょうな」

お香は、竜之進のぼやきを別に取っている。

——ここはぼやくところではありません。

忘れたのかと、お香は口で言えぬもどかしさを、顔の表情で表わした。

思い出そうと、室内を見渡し何か示唆《しさ》できるものをと探す竜之進の目に、お香の眉間に皺の寄った顔が入った。

「そうだ、香車だった」

右側の香車を、二つ上げる手筋であった。九三香という手を竜之進はおよそ四半刻かけて思い出した。

この手は直ちに、奥の御座の間で待つ藩主たちにもたらされる。

浜松越中守盛房と桐生丹波守頼光も将棋盤を挟み、家臣からもたらされる手を並べていた。

「この手はすごい長考でございましたな」

桐生頼光が、腕を組んで感心した様相を示した。

「いや、強い将棋指しの手は余たちには分からぬものですなあ」

盛房が、同意したようにうなずく。

「なぜに、こんな手で長いこと考えてるのでしょうな？　坂田《さかた》先生……」

御座の間にはもう一人、坂田と呼ばれた男がいる。対局の手筋を藩主たちに解釈するために雇われた者であった。二十五、六歳に見える髪の毛を肩のあたりまで垂らした、総髪の男である。紬《つむぎ》の上に鼠色の十徳《じっとく》を羽織り、いかにも将棋指しの風情が滲み出ている。

「この手は、のちに飛車がうしろにつき、端から相手の王様を狙っていく手でありまする」

「なるほど……」

と、口から出るものの二人の殿様の首は傾いでいる。序盤に香車など動かしたことのない二人である。めまぐるしく変化する盤面に、目を回しているようだ。

そのあとすぐに、家臣の手から虎八郎の手番である三十一手目がもたらされた。

その手が、桐生頼光の手で指される。

「……おや、この手は？」

その手が指された瞬間、坂田の眉間に一本の縦皺ができた。

――いや、ここは誰でもそう指すだろう。

だが、ふと抱いた疑問は、坂田の気持ちからすぐに消え去っていった。

そうこうしているうちに手が進み、中盤から終盤へと変化し難解な場面にさしかかる。一手の仕損じが勝負を決するような大事な場面となった。

後手が幾分か不利と見られる。ということは虎八郎が、優勢に指し回しているということだ。

「わたくしならば、先手をもちたいところですな」

坂田が、二人の殿様を前にして言った。

「そうなると、一万石は当藩のもの……」

加山藩主桐生丹波守頼光がほくそ笑み、高岡藩主浜松越中守盛房の顔が歪みをもった。

――いい調子。そうあと三十手ばかり。

途中幾分つまずいたものの、ここまで順調に指せれば申し分ない。お香の手はずどおりに、考えるところは考え、悩むところは悩んでいる。

そこまでしなくとももと言えるほどわざとらしく、両者の表情も豊かでお香も満足していた。

しかし、そのとき二人はすでに限界に近づいていたのである。

一人、三十五手を覚えるのが精一杯であった。もう一日あれば、完全に習得することができたのであろうが、いかんせん睡魔の朦朧とした中で覚えた指し手は、両者の脳味噌の中に溶け込まれて沈んでいるのを、このときまでお香は知るよしもない。

虎八郎が六十九手目を指したところであった。形勢はますます後手の竜之進が不利になってきている。

七十手目がこの将棋の、最大の山場。竜之進側起死回生の勝負手であった。

角を成り捨て、飛車の利きを断つという手である。

幾らかでも将棋を指す者ならば、ただ損で角を捨てるなどという手は、なかなか指せるものではない。と、思うのが普通である。

竜之進の頭の中では、覚えていたはずのその手が浮かんでこない。

――うわっ、また忘れてしまった。

しかし、ここは長考とお香からは指示が出ている。どんなに考えても不思議でない、むしろそれが自然な場面であるといえた。

——そうか、ここは考えてもいいのだな。しかし、このあたりから眠くなったからな。

思い出すのも容易ではないと、竜之進の額からは脂汗が浮かんでいる。

竜之進の次の指し手は、半刻におよぶ大長考となった。この勝負で一番長く忘れている。

——そんなに考えなくてもいいのに。

お香はそれを竜之進の演技と取って、満足気な顔だ。もし、これが名人戦ならば、一刻ほども考えてもおかしくない勝負どころなのである。

だが、指し手が分かっているのに半刻は長すぎる。向かいにいる虎八郎が、欠伸を堪えながら、早くしろという目で合図を送る。

「いや、分からん……」

竜之進が放つ本音のぼやきも、場の雰囲気にそぐう。

「それにしても、緊迫した場面でござるな。ご覧なされ、御家の代打ち殿は、額から汗など浮かべて顔を真っ赤にして読み耽っておられますぞ。もう、かれこれ半刻も考

「盤面を見ても、身共にはさっぱり分かりませんが、どちらが優勢なのでござりましょうな」

竜之進の顔を見ると、容易ならざる事態に陥っているようだ。戸田はそんな不安を押し隠すようにして、川西に訊いた。

「それは、顔色をご覧になればお分かりでしょう。あの困った顔……」

今にも笑い出しそうな口調で、川西は戸田の問いに返した。

「左様でございまするなあ」

戸田は、自分の膝もとに置いてある書状を見やりながら、小声で言った。

「それは、こちらのものとなりますでしょうな」

川西が、戸田の視線に気づいて口にする。

「むふ……はは、ははは」

もう勝ちだとの思いが、笑い声となって発せられる。

「川西殿、笑い声が大きすぎまするぞ」

小声で戸田が咎めた。

「これは、すまなんだ」

川西の笑い声は、竜之進の耳にも届いた。

「はは……？　そうだったか！」

竜之進は、半刻かけてようやく思い出した手を、おもむろな手つきで指した。

――八八角成り。

加山藩江戸家老川西の笑い声が、竜之進の記憶を甦らせたのである。


この一手はすぐさま、奥の御座の間にもたらされた。

「ようやく指されましたな」

言って浜松盛房が、半分寝ている体を起こしながら指した。

「待つほうも、けっこう骨でござりまするのう」

相手も、まんじりともせず指し手を待っていなければならない。盤を目にしていても、さっぱりと意図がつかめない将棋である。もし、解釈のために雇われた坂田がいなければ、二人の藩主は退屈のあまり、眠りの境地に入っていたであろう。

「坂田先生、この手にはどんな狙いがあるのか？」

「…………」

桐生頼光が訊いても、返事がない。

「……これは！」

八八角の手を見て、坂田と呼ばれる男から苦渋のこもる声が漏れた。そして、みる間に形相が変わる。眉間に皺を寄せ、目が吊り上がり、口はわなわなと震えている。

「……おかしいと思ったが、やはり」

「いかがした？　余が訊いておるというのに」

訝しげな顔をして、頼光が問うた。

「申しわけございませぬ。ご無礼ながら、手前からお訊きいたしますが、この将棋の代打ちをなされているのは……？」

坂田は、たしかめるつもりで訊いた。

「それは、互いに連れてきた将棋指したちであるが、名までは分からん。それが、いかがしたのだ？」

解釈役の、尋常でない様子に浜松盛房が訊いたところであった。

「ご無礼いたします。次の一手が指されました」

指し手が書かれた紙をもって入ってきたのは、加山藩の家臣であった。

次の手は、同飛車。

「これで、間違いない……」

唇を嚙みしめ、解釈役の坂田が言った。

「何が間違いないのでござるかな?」

指し手を桐生頼光が進めながら、訊いた。

「いや……ところでご家臣殿」

頼光の問いはさしおき坂田の顔は、次の一手をもたらせた家臣のほうに向いた。

「なんでございましょう?」

「この将棋の対局者はいったい……?」

「高岡藩側はたしか竜之進殿と。そして、加山藩側は、虎八郎殿というお方でござりまする」

「ふーん、聞き覚えのない名だ。やはり、そうか……」

「何がそうかなのです?」

家臣の問いに、坂田は形相凄《すさ》まじく言い放った。

「それで、二人には付き人がいると聞きましたが、どのようなお方でござるかな?」

「はい、虎八郎と申す指し手のほうは、六十半ばの白髪に白髭を蓄えた爺さんでございます。たしか、納豆屋の隠居とか……」

「納豆屋の隠居? 妙なのがついてきてますな。こちらは加山藩の指し手と聞きましたが、どなたの推挙で？」

「いや、すべては家老の川西に任せておるのでな」

この問いには、桐生頼光が答えた。

「左様ですか。して、もう一方の付き人というのは？」

「はい、それが十八ぐらいの小娘であります。たしか、名がお香とか……」

「なんですと！」

坂田の形相がにわかに変わった。坂田の驚きの声に、浜松盛房と桐生頼光の訝しげな顔が向いた。

「どうかされたか？」

その尋常でない様相に、頼光が訊いた。

「この将棋は、いかさまでござりまするぞ」

「な、なんと……」

藩主浜松盛房と桐生頼光の、仰天する声が御座の間に轟きわたった。

「この将棋、高岡藩がいかさまを仕掛けましたな？」

坂田の顔が盛房に向いて、おもむろに切り出した。

「何を申すか、この男。無礼も過ぎると許さぬぞ」

顔面蒼白にして、浜松盛房が訴える。

五

「何を根拠にそんなことを。当藩は、正々堂々とこの将棋に挑んでおる。いんちき呼ばわりされるのは言語道断、無礼千万。捨て置けぬぞ！」

浜松盛房は立ち上がって訴えるも、次の坂田の言い分に腰が砕ける思いとなった。

「この将棋、端《はな》の内はともかく中盤あたりからおかしいと思ってました。ですが、四十手あたりまでは同じような将棋はいくらでもあるのです。しかし、それからおよそ三十手進んでも変わらぬ手筋……」

「何が言いたいのだ、おぬし。ことと次第に寄ってはこの場で斬り捨てるぞ」

盛房の声は怒り心頭に発している。頭に血が上ると、何をしでかすか分からぬ藩主であった。

「とりあえず、最後まで聞こうではありませんか、盛房殿」

頼光が、盛房の怒りを鎮めるように言った。相手の宥《なだ》める言葉に幾分落ち着きを見せたか、盛房は、立っていた体を厚い座蒲団の上に再び落とした。

「よろしいでござりますか？」

藩主たちの小さなうなずきを見て、坂田なる男は語りをつづけた。

「この将棋のこれまでの指し手。まるっきり同じ将棋が過去にもありました。おかしいと思ってましたが、六十九手目でようやく確信がもてました。ここで八八角成りは、そんじょそこらの指し手では絶対と言っていいほど思いつかない手。この将棋をこのまま指していたら、加山藩の指し手のほうが投了するでありましょう。そう、手筋が決められた将棋なのです」

「なんと……」

身に覚えがなくとも、浜松盛房にしては反論のしようがなかった。いずれも、家老の戸田にすべてを任せてあったのだ。戸田が、藩の存亡を憂いて指した手に違いない。そう思うと、その先一言も抗《あらが》うことができぬ盛房であった。

「謀《はか》りおりましたなこの将棋……浜松殿」

がっくりと肩を落とす盛房に、勝ち誇ったような桐生頼光のほくそ笑む顔が向いた。

「こうなりましたら、この将棋は加山藩の勝ちとなりましょうぞ。それにしても、勝ちたい一心とはいえ、卑劣な手を使うものだ」

脂汗が滴り落ちる浜松盛房に向けて、桐生頼光の辛辣《しんらつ》な追い討ちがかかった。

「うぬ、将棋指しの分際で、愚弄《ぐろう》しおって……」

盛房の怒りは、坂田に向いた。

「手前は愚弄など申しておりませぬ。手目将棋《いかさま》があることで、本当のことを言ったまでてでございます。一介の将棋指しの分際で、何を藩主様に向かって逆らうことなどできましょう」

ああ言えばこう言うの坂田に、浜松盛房の肩は激昂に打ち震えた。

浜松盛房の、その怒りは自分に向いた。一介の将棋指しに、大名がこれほどまでに虚仮《こけ》下ろされて、これ以上の生き恥は晒したくない。

「かくなる上は……」

盛房の激昂は、激情に達した。

「生き恥を晒したくない。武士としてのけじめだ」

七寸厚の本榧《かや》の盤をひっくり返すと、並べられた駒が四方に飛び散る。

捨て駒に　わが身を祀《まつ》らん　へぼ将棋
玉《ぎょく》の行く手も　角《かく》成る上は

辞世の句を早口で詠み、そして盛房は腰に差してある脇差を抜いた。

御座の間でこんな騒動がもち上がっているとも知らず、竜之進と虎八郎の指し手はゆっくりと進む。

虎八郎が、七十三手目をぶつぶつ言いながら考えているところであった。

どたどたと、慌《あわただ》しい足音が廊下を伝わって聞こえてきた。

「一大事でござりまする！」

騒動は、高岡藩主浜松盛房の自刃《じじん》の報せとなって、すぐさま加山藩家臣により、五部屋離れた対局の部屋までもたらされた。

「なんですと、殿が！」

瞬時にして顔面蒼白となった高岡藩江戸家老戸田鉄久が、吠えるような高鳴りの声を発した。控えにつく高岡藩家臣もすぐさま立ち上がる。

驚いたのは高岡藩の家来たちだけではない。

場は騒然となった。

対局の部屋にいた高岡藩の家臣たちは、家老の戸田を先頭にしてすべて、藩主のいる御座の間へと駆け出していった。

竜之進と虎八郎は、すでに将棋どころではない。この衝撃の報せに、両者盤上に手を載せると七十二手目まで指された駒組みが、微塵にも崩れ落ちた。

「なぜでありましょう?」

梅白が、片膝を立てて訊いた。お香も梅白と気持ちを合わせるように、その整った顔を、報せをもたらした家臣に向けた。

梅白もお香も顔面が蒼白となった。

まったくの想定外の成り行きになった。こんな将棋のために、藩主の自刃など思いもよらなかった。

経緯が加山藩家臣の口によって語られる。

「本局の解釈役をお願いしている先生が、この将棋はいかさまと指摘なされたのだ。すでに指された棋譜をそのまま再現しているだけだとな。そのまま指しつづければ、これは高岡藩の勝ちとなる。と、申された」

「……えっ?」

お香の驚く顔が、語る家臣に向けられる。

「お香……」

早まったなと、梅白の苦渋の顔がお香に向けられる。仕組んだ企てが、あっさりと暴露され、高岡藩藩主の自刃にまで追い込んでしまった。悔いても悔やみきれないといったような水戸梅白の表情であった。

「……おかしい」

「何がおかしいのだ、お香」

この期におよんで、言いわけとは見苦しいぞとまでは肚の中に呑み込む。しかし、このけじめはつけねばならぬ。たしかに、いかさまの将棋であることに違いがないのだから。

「ご隠居様……」

お香は言って、梅白の耳下に口を近づけた。お香の息が、くすぐったく梅白の耳にかかると、ぶるっと一震えした。どんなに年をとっても、若い女の息がかかるのは嬉しい。

「何をお考えでご隠居様」

「いや、なんでもない」

「それで、ご隠居様。おかしいと申しましたのは、この将棋はあたししか知らぬはず

……」

「なんだと？」

梅白の驚く顔が向くが、これ以上のひそひそ話は不審を増幅するだけだと、お香は体を元へと戻した。

周りは蜂の巣を突いたような大騒ぎになっている。誰も、四人には目もくれない。

──それがなぜ見破られたか……？

梅白の頭の中は、ややこしさでくらくらとなって思考が止まった。

部屋の中には梅白とお香、そして竜之進と虎八郎の四人が取り残されている。

「ご隠居、ばれましたら仕方がない。今のうちに逃げたらいかがでしょうか？」

進言したのは、虎八郎のほうであった。

「いや、それこそまずい。それと、これには何かからくりがありそうですぞ。よろしいか、何があろうと竜さん虎さん、しっかりと肚《はら》を据えておきなされ」

お香を見ると、微動だにせず堂々と正座をして前を見据えている。ときどき目を瞑るのは、この先のことを読んでいるのだろう。

──解釈役の将棋指しって誰？

お香の頭の中は、今はこの一点にあった。だが、それもすぐに知れるところだと、考えを切り換えた。そのたびに瞑想をする。

「おまえさんたちも、お香の態度を見習いなさい」

梅白の声が聞こえて、瞑想をしていたお香の大きな目がぱっちりと開いた。周りに家臣たちがいないかをたしかめて、お香はおもむろに口に出した。

「嵌《は》められたのは、もしかしたらこちらのほうかも……」

「なんですと！」

梅白の顔が引きつりを見せた。

「おそらくこれは、あえてこの筋になるよう端《はな》から仕向けられたこと」

この瞬間、浜松盛房自刃に対する悔やむ気持ちは、お香の中から消えた。

「これは、どんな手筋の将棋であっても、このような結末になったはず。高岡藩のお殿様は……」

「なんだとお香。もっと詳しく耳元で話してはくれぬか。どうも、年寄りにはよう考えられぬでな」

梅白は、お香の口を耳元に寄せたい思いの一心で言った。

「そう？　だったら……」

お香の口が、梅白の耳もとに近づこうとしたところであった。

六

がらりと音が鳴って、源氏襖《げんじぶすま》が勢いよく開いた。

ぞろぞろと、対局の部屋に入ってきたのは八人の男であった。

その中に、一際光沢を発《はな》った袴と羽織を着る男がいる。すぐにそれは、加山藩主桐生頼光と知れた。その背後に付くのは、家老の川西と控えの家臣が五人ほどいる。そして最後に入ってきた総髪の男を見て、お香は小首を傾げた。

「……長七……兄さん？」

髪を肩まで長く垂らし、野に堕《お》ちた男は世間の狂濤《きようとう》に呑まれてきたか、伊藤現斎の下で将棋を学んでいた覇気は微塵も感じられなかった。実齢よりも三、四歳上にも見える。そのためお香は、一目では長七と見抜けなかった。だが、それが長七と分かった瞬間、顔に引きつりを見せた。姓を坂田と名乗り、解釈役としてこの場にあった。

「やはりお香であったか……」

久しぶりだなと言って、長七は顔に不敵な笑いを浮かべた。

「坂田先生……この娘とどんなご関係で？」

訊いたのは、家老の川西であった。

「長年一緒に同じ門下の、釜の飯を食ってきた娘です。お香は、現斎先生のあとを継いだのでは……？」

どうやら長七は、お香が破門になったことを知らぬようだ。

「………」

知らないのなら、わざわざ教えてやることもない。

「現斎先生が亡くなったということは風の便りに聞いた。だが、俺はもう伊藤家とは関わりのなき身。真剣師として生きると決めた以上、それからの一門のことはいかなることでも言わず、見ず、そして耳を塞ぐことにしてきた。だからお香のことも、あれからどうなったかは、一切知らぬ。だが、ここで……」

「ここでどうしようとしたのさ？」

お香の口調は鶯の声から、急に伝法なものとなった。

積年の恨みがお香の胸の中で噴出している。自分を貶《おとし》め、直接手をくださぬが、師匠伊藤現斎を葬《ほうむ》った男が目の前にいる。お香は唇《くちびる》を嚙みしめ、やせ衰えた長七の顔を見やった。

「難解な詰め将棋を解いた奴がいたと聞いたが、おまえだったのか。女だとは聞いてなかったので、知らなかった」

　長七は、あの詰め将棋は玄人でも相当の実力がなければ解けないと思っていた。お香もその内の一人とみていたが、伊藤家に籍を置く棋士が大道将棋に手を汚すはずがないと思っていた。

「そうか、やっぱりあんただったんだね。道行く人から金銭を巻き上げる、大道将棋の三十七手詰めを考えたのは。素人は、数手で詰めるものと手を出すがどっこい、そこには数十手詰めの仕掛けがしてある。あんな汚い手を考えられんのは、この世にあんたぐらいしかいないよ。そんな小汚い男が今度の筋書きを考えたんだね。みんなお見通しだよ」

「えっ？」

　お香は、場所柄もわきまえず啖呵を飛ばした。

　お香の啖呵に、梅白は不思議そうな顔を向けた。

「いったいどういうことだね？　お香……」

　梅白が、眉間に縦皺を一本寄せて訊く。

「おそらく、高岡藩のお殿様は亡くなってはおりません」

「なんだと？」

これには竜之進と虎八郎が、驚きの顔を見せた。

「ええ、この方たちの、落ち着きはなった顔を見ていれば、そのぐらいの手筋は読めます」

女将棋指しらしい言い方をお香はした。

「そこの娘、なぜにそんな世迷《よま》いごとを言う」

一足繰り出して言ったのは、加山藩主桐生頼光であった。


「本当のことを申しましょう」

言ってお香はおもむろに話しはじめた。

「今、ここで指された棋譜は、あたししか知らないものなのです。なぜなら、五歳のとき、どこかのお兄さんと指した将棋ですから。その棋譜を忘れずにいて、こちらのお二人に覚えさせたのです」

お香は五歳のとき伊藤現斎の内弟子に入ってすぐに逃げ出し、赤坂の会所で半次郎という男と指した一番を、今日の将棋で使ったと言う。あのとき、会所の主が書いた棋譜は、お香の手によって破られている。

「そんな、幼いころの将棋をか……」

よく覚えておられるものだと、頼光の驚愕の表情であった。

「はい。ですから、ここにいる長七という男は、この将棋の手筋を知ろうはずがございません。いみじくも、ご家臣の方が申されておりました。『本局の解釈役をお願いしている先生が、この将棋は手目《いかさま》と指摘なされたのだ。すでに指された棋譜をそのまま再現しているだけだとな……』と、そのようなことを。再現したのはたしかでございますが、この棋譜を知っていて言ったのではございませんでしょ。こちらも偶然で驚きました。同じようなことを考えてましたのですから。そうなると、将棋の中身はなんでもよかったのです。要は、あらかじめそんな台詞《せりふ》を用意してあって、適当な場面となったらあたしたちを抹殺しようと思ったのでしょう」

お香の長い話に愕然としたのは、梅白と竜さん虎さんであった。

「ですが、なぜこんなことがそこの長七から企てられたかは、なんとも分かりません」

「さすがお香だ、読みが深いな。おれはこの将棋は最初からおかしいと思っていた。だいいち、あれほどの将棋を指す指し手なのに、竜之進とか虎八郎などという名は聞いたことがなかったからな。棋士七段の触れ込みならば、将棋指しだった者なら名ぐらいは知っている。それと、一所懸命覚えた棋譜を並べてたのだろうが、やはりおかしなところはあった。途中で……まあ、それはいい。ということで、俺は読んだ。お香とそこにいる爺さんたちはみな仲間だってことをな。しかも幕府の……」

長七が語っている最中であった。反対側の襖ががらりと開き、五人の男たちが入ってきた。

「おや、あなたは……？」

「左様、余が高岡藩主の浜松盛房である」

藩主の威厳を前面に出し、梅白の問いに答えた。

「自刃なされたのでは？」

「何を申すか、爺《じじい》。まあ、一度は辞世の句を読んだがな。既《すんで》のところでそこの坂田に止められた」

話は寸刻《すんこく》前に遡《さかのぼ》る。

浜松盛房が脇差を抜き、腹に突きたてようとしたときであった。

「――お待ちなされ浜松様。この将棋を仕組んだのは、貴藩でもましてや加山藩でもありませぬ」

「なんだと？」

藩主たちの驚く顔が、坂田に向いた。

「端は高岡藩が仕掛けたと思い、あのようなことを申しましたが、ご無礼をいたしました」

まずは坂田が疑いの詫びを言った。

「分かったのならもうそれでよい」

盛房は、坂田を咎めることはなかった。

「それで、いったいどういうことなのだ？」

桐生頼光が訊いた。

「何を目当てかは知りませんが、この代打ち将棋を仕掛けたのは、あやつらのほうです。そう、みな仲間なのであります。付き人の中に、娘が一人いると言っておられましたな。たしかお香という名であったと。もし、その娘でしたらこれは大変なことでございます」

「何が大変なのだ？」

不安げな、藩主たちの目が向く。

「もしかしたら、その一行幕府の……」

「なんだと？」

　幕府と聞いて、藩主たちの仰天した目が向く。

「なんらか、関わりがある者たちかもしれませぬ。と申しますのは、お香という娘、以前は将軍様に仕える指南役でしたからな」

「上様に……か？」

「左様。先代家治様でしたが。ですが、今もなんらかの関わりが……」

「あると申すか？」

「おそらく……」

「だったら、なぜにそやつらが？」

「賭け将棋でございましょう。一万石の所領を賭けているとすれば……」

「見逃せぬと申すか？」

「で、ございましょう」

　藩主二人と、坂田の頭がくっつくほどに近づいての会話であった。

「見逃せぬのはこちらですな、浜松殿」

「左様、これは生きては帰せぬものと」

　浜松盛房自刃の報せは、梅白たちを震撼させ怖気《おじけ》づかせるために指された一手であった。

七

浜松盛房が付き人の家臣たちを引き連れて梅白とお香、そして竜之進と虎八郎の前に姿を現したのである。

「幕府のお庭衆《にわしゅう》と思っていたが、こんな爺がか？　これは違うでござろう、桐生殿」

「まったく、同感。こんな爺と娘たちがのう」

「お庭衆とは、とんだ勘違いをされたもの。ええ、手前らはそんな者ではござりませぬ」

梅白の言葉で幕府とは関わりないと分かり、盛房と頼光の顔に含みの笑みがこぼれた。

「だったら、なぜにこんな企てをした？」

加山藩主桐生頼光の問いには、梅白が返す。

「左様、手前どもはこんなくだらぬ賭け将棋をしている両藩を、幕府とはかかわらずとも、懲らしめてやろうと画策したのです」

このとき、梅白の体に一瞬後光《ごこう》が射したのではないかと思うほど、お香には眩しく見えた。

「誰なんだ、いったいこの爺たちは？」

　厳つく頼光の目が、梅白を睨む。

　これから先は、水戸梅白の出番だとお香を下がらせる。そして、竜之進と虎八郎が梅白の左右についた。

「誰であるかは、のちほど申しまする。それにしても、こたびの賭け将棋にはあきれ果てましたな。藩主同士のへぼ将棋が嵩《こう》じて、一万石の領地まで賭けなさるという、とんでもない話だ。領民が聞いたらなんと思われるでしょう。そんなことをさせないために、手前たちはこの筋書きを考え、穏便にことを済まそうとしたのよ。それと、藩主たちの馬鹿げた賭け将棋で、大店《おおだな》が一軒潰れ、その家族と奉公人たちが路頭に迷うことになりますからの。嘘も方便ということでしたのにのう」

　一気に言い放ち、梅白の顔がこころもち白くなった。肺の臓にある気をすべて吐き出し呼吸が乱れ、終《しま》いの言葉が引きつるように甲高《かんだか》くなった。ふーっと外気を吸って、一息つく。そして、もう一言。

「それで、手前どもを生きては帰さないと……」

　これまで見たこともない梅白の鋭い目が、盛房と頼光の顔面を交互にとらえた。その眼光に盛房は怖け、頼光は一歩二歩と引き下がる。

「おっ、おぬし、いったい何者……？」

五万石の大名たちが、梅白の威勢に圧《お》されている。

「手前は納豆屋のしがない隠居……」

「なんだと？　この場におよんでも嘘を申すか、この不埒者《ふらちもの》め」

桐生頼光は、大名としての威嚇を発した。

「出会え、出会えい……」

藩主自ら、家臣を呼号する。五百坪はある下屋敷中に届くほどの大きな声であった。

しかし、いかんせんここは下屋敷である。普段は寮として使い、上屋敷と違って家臣はいない。警護にあたる供侍五人ほどが、押取刀《おっとりがたな》で駆けつけてきた。それと、五十《いそ》路《じ》を越えた、家老の川西が加わるだけである。

高岡藩の供侍は、家老の戸田を含めても四人。

梅白たちは、十畳間の中で両藩の家臣たちから挟まれる格好となった。

「お香は危ないから、下がっておれ」

梅白が脇に置いてあった藜《あかざ》の杖をもつと水平に回し、お香を自らの背に回らせた。

「何をごたごたと……。この者たちを生きて帰すでない」

頼光の号令一喝、加山藩士と高岡藩士が一斉に刀を抜いた。

「竜さん虎さん、懲らしめてやりなさい」

藜の杖の先を、畳の面にとんと叩いて竜之進と虎八郎に合図を送る。すると二人は、梅白を守るように前に進み出ると、段平《だんびら》を抜いた十人からの相手を素手で相手にする構えを取った。

「うりゃー」

素手が相手とあれば怖くはないと、藩士の一人が上段から刀を振り下ろすのがきっかけとなった。

上段から繰り出された白刃は、竜之進と虎八郎の間に振り下ろされた。立ち位置左の竜之進が、たたらを踏む侍の脇腹に当て身を打った。拳一つを当てられ、打ちかかった藩士はたまらずにもんどりうつ。

虎八郎は、転げまわる藩士の手から刀をもぎ取ると、八双で構えをとった。

「虎さん、斬るのではありませんぞ」

「心得ております る、ご隠居」

言って虎八郎は刀を返すと、刃を裏にし棟《むね》を表に向けた。柄《つか》を回すと、がしゃっと茎《なかご》の鳴る音がする。

「なんだかこの刀、目釘《めくぎ》が緩んでおるな」

虎八郎が、刀の柄に気を取られたのがすきとなったか、高岡藩士の一人がかけ声もろとも胴を払いに剣を繰り出してきた。

「おっと……」

既《すん》のところで切先をかわした虎八郎は、ぐらりと緩む刀を袈裟懸けに落とした。棟が相手の肩を打つ。べきっと鎖骨を砕いたような鈍い音がするとともに、藩士は膝を落として崩れ落ちる。しかし、その一太刀で刀身は柄から抜け、使いものにならなくなった。

またも丸腰となった虎八郎に、浜松藩士のもの打ちが襲いかかる。袈裟に斬って下ろされた刀をかいくぐると、虎八郎は太股あたりに廻し蹴りを一発くれた。蜻蛉《とんぼ》を返すようにごろんと転がる藩士の腹を、梅白が藜の杖の木尻《こじり》で突く。

「おお、痛かろうにのう。すまぬことをした」

腹を押さえて苦しがる藩士に、梅白は詫《わ》びを言った。

その間にも竜之進が高岡藩士の一人から刀を奪い、棟でもってすでに四人打ちのめしている。

「あっ、長七が……」

すきを見つけて逃げおうそうとした長七を、お香の目がとらえて梅白に知らせた。

「これ、竜さん」

梅白が、竜之進に指図を送る。すると竜之進は懐から飛礫《つぶて》を一個つかむと、長七の背中に向かって投げた。

逃げる長七の首下に飛礫が命中すると、諦めたかのように足が止まった。その、長七の様子を見て、梅白は一つうなずきを見せた。

「竜さん虎さん、もういいでしょう」

「はっ」

二人は奪った刀を放り投げ、水戸梅白を庇《かば》うようにして前につく。

ここで『――控えおろう』とやっては、大仰《おおぎょう》すぎる。

「おぬしたちは、いったい何者なのだ。たんなる納豆屋の隠居ではあるまい」

「正直に申されるがよろしかろう」

ことごとく家臣を打ちのめされた加山藩主の桐生頼光と高岡藩主浜松盛房が、恐る恐る交互に問うた。

「もしや、水戸の……？」

「黄門様は、わしの曾爺《ひい》さまよ」

葵の御紋が入った印籠の代わりに、梅白は家系を口に出した。そして、つづけざまに言う。

「水戸のご隠居様でござりましたか」

「もしや、松平成圀様では？」

「いや、今は梅白と名乗っているがな」

これが天下の副将軍だったら、大名二人も拝伏するのだろうが位ははるかに大名が上である。だが、徳川家に縁故があるとすれば、無下《むげ》に抗《あらが》うこともできない。

「いや、ご無礼をいたしましたでござる」

大名たちはすかさずひざまずき、梅白の前で拝礼した。

「分かっていただければ、このたびのことは不問にいたしましょうぞ。むろん、お上などには届けはいたしません」

梅白の言葉を聞いて、盛房と頼光の顔はにわかに穏やかなものとなった。

「これは引き分けにしましょうぞ。浜松どの。こんなことで一万石に目が眩んだ余が馬鹿であった」

頼光の申し出には、盛房が黙ってうなずいた。

結局、三種の証は加山藩のもののままである。ただし、将軍のもとに持参するときは、いっとき貸し出すということで、両者の決着はとりあえずついた。

だが――。

これに治まらないのはお香であった。

「ここまでご家臣のお方が痛い思いをしたというのに、こんな中途半端で手打ちをしてもいいのでしょうか？　ここは、正々堂々闘って決着をつけたらいかがですか」

お香が、体を震わせて訴える。頭の中は、長七と勝負をしたいとの一念であった。

「お香……」

燃えたぎる炎をお香の眼《まなこ》の中に見て取った梅白は、ここで提案を口にした。

「盛房様も頼光様も、一度勝負を白紙に戻してはいただけませんかな？　ただし、一万石はなりませぬぞ」

官位ははるかに、両藩主のほうが上である。敬う気持ちで梅白は腰を折った。

「いえ……」

ここで異議を出したのは、お香であった。

「どうした、お香。そんな怖い顔をして」

お香の、本当の気持ちは梅白とは、幾分ずれている。賭けるものが大きくなればなるほど、真剣師としての血が騒ぐ。

「一万石と三種の証を賭けて、ここにいる長七と勝負をしたいの」

一度決着がついたことを覆す、無茶な言い分であった。

「なんと……」

お香の心根《こころね》を、梅白はここで初めて知った。

――お香の考えはそこにあったのだった。長七とやらと出会ったからには仕方あらんか。端からそうと決めておったからの。

この先は、見て見ぬ振りをしようと梅白は決めた。

「いかがかな、浜松様と桐生様。お香がこのように申しておりますが」

これには両藩主とも小さくうなずきを見せる。位は下とはいえ、相手は三つ葉葵を家紋とする御三家水戸家の血筋。義理とはいえ、副将軍であった水戸光圀の末裔である。

このとき、盛房の気持ちが変わった。

――いっとき借り出すだけではだめだ。あの三種の証は、本来こっちのものだ。是非にも取り返さないと。

盛房はきっぱりと承諾をして、お香に賭けることにした。

「それでは、お香とやら頼むであるぞ」

「任せといてちょうだい。こんな男に誰が負けるものですか」

お香は浜松盛房に、片腕をめくって見せた。

「当方も、よろしかろう……」

一万石が手に入るかもしれないと再び機会が訪れた頼光に、異存があろうはずがない。

「このお香と、そこにおる総髪の……なんと申したかな？」

「坂田長七と申します」

長七が自らの口で答えた。坂田は将棋の屋号として勝手につけたという。町人の苗字は許されていなかったので、表向きは『坂田屋』と名乗っていた。

「そう、長七という名はお香から聞きおよんでいる。二人にはこれまでいろいろとあったようだな。どうだ、将棋のことはよく知らぬが、この梅白が立ち会う前で、堂々と闘ってみたらどうかな？」

長七にも真剣師としての血が滾《たぎ》る。大きくうなずき、意思を示した。

家老二人がもつ書き付けと風呂敷包みを床の間に置き、それを争奪する取り直しの対局がはじまる。

水戸梅白を立会人として、双方の藩主が両脇に陣取った。

七寸厚の盤を挟み、お香と長七が座る。

——今日こそ観念させてやる。

積年の恨みつらみが、お香の心に渦を巻き、鋭い目で長七の顔をとらえた。

長七は、お香の目の奥に宿す、師匠現斎の怨念を感じ取り怯《ひる》みを見せた。

将棋の所作に長《た》けた先ほどの家臣が、お香の陣から歩を五枚取り畳に放り投げようとするその前に、一言口上があった。

「表三枚出たら加山藩、すなわち長七殿の先手となります」

そして、高々と歩を五枚放り投げる。歩が二枚、と金が三枚でお香の先手となった。

「お香殿の先手で、はじめてください」

——よし、行くわよ。

家臣の合図で、お香はおもむろに一手目を指した。お香の気迫が駒に乗り移る。

ふーっと息をはき、気持ちを落ち着かせてから長七が二手目を指す。

交互のやり取りで、手が進み早くも四十手目に指しかかった。

「おや？」

と思ったのは、梅白の両側につく竜之進と虎八郎であった。昨夜、目の周りに隈を作って覚えた手筋が並べられている。

「あれは？」

このまま行き着けば、先手番のお香の負けとなる将棋である。何を思うか、お香は同じ手を指し長七はそれに答えていた。

そして六十九手目をお香が指し、七十手目の番が長七に回った。先刻、竜之進が失念をして挙句《あげく》に八八角成りと指した手であった。

――さて、どう指す長七……。

お香が上目遣いで、長七をにらみつけた。

長七は、ここで長考に入った。四半刻の間を置きおもむろに、七七角成りと正着を指した。起死回生の一手を、さすがに長七は読み取ることができた。

十三年も前、お香が五歳のときに放った手であった。

――さすがだね、長七。だけど、勝負はこれから。

ここで成角《なりかく》の馬《うま》に飛車を引いて払えば、お香の負けは決まる。お香は馬のうしろ利きを止めるため駒台にあった香車をもつと、歩の頭である六六のところに置いた。

自陣はかまわずの、攻めの手筋であった。

――これで、どうだ。受けてみな長七。

対局中は言葉として出せない。お香は、思いを盤上の駒にぶつけた。一手一手に、手談を放つ。

長七は、一手指されるごとにお香の責苦《せめく》を感じていた。

――そんなことでまいるものか。

一手に込めて、長七も返す。

ここからが、竜之進と虎八郎に授けた手筋と異なってくる。将棋は、まるっきり異なるものとなった。

九十手では終わらぬ、長い将棋となった。

「なかなか決着がつきませぬな」

いつしか日も暮れかかり、やがて浅草寺から打ち出す暮六ツの鐘が、大川を渡って聞こえてきた。

五本の燭台に据えられた百目《ひゃくめ》蠟燭《ろうそく》に灯《とも》が点り、部屋の中は昼間のように明るい。

お香が盤面一点に集中して、読み耽る。

「……いや、これじゃ駄目」

しばらく考え、体を起こすと首を横に振る。そしてまた、体は前のめりになる。

百四十五手目を考慮中である。

勝負は混沌《こんとん》としている。一つのしくじりが即敗戦につながる終盤戦の山場であった。

――なんとしても、しとめてやる。

頭の先から足の爪先まで、全神経をお香は盤上に注いだ。

固唾を呑んで、大名二人が盤面を見つめる。ただし、どちらが優勢かなど、判断がつくものではない。

お香はそっと駒台に手を置くと、人指し指が香車に触れた。

――そうだ、これだ。

お香の脳裏にふと閃《ひらめ》いた手があった。

――これで長七を仕留めてやる。覚悟しな！

香車はお香の守り神である。ただひたすらに、前に向かって進む駒だ。

――六五香、六四歩打、八三角打、同金、同竜……。

お香の頭の中は、めまぐるしく回転する。

延々と手筋を読み、そこから二十五手目に王将の頭から二間離れたところに、香車を置く図が、お香の頭の中で鮮明に描かれた。これが長七の指せる最長の粘りの手筋である。それ以外は短い手順で長七の王様は詰みとなる。

お香は、人差し指と中指で香車の尻を挟むと、駒音高く六五香車の手を放った。

「どうだ、こいつで！」

とうとうお香は、部屋中に轟く声を発した。

駒が本榧の盤に打たれると、カツーンと乾いた音が下屋敷中に鳴り渡る。

長七から「うっ」と、胸の詰まる声が漏れた。

お香の読みどおりに手は進む。そして、百六十九手目——。

『——三八香打』

入玉直前の、受けなしの手であった。

「負けました」

盤上に手をかざし、長七は負けを認めた。

外はとっぷりと、夜の帳《とばり》が下りている。

出の遅い、更《ふ》け待ち月が中天に浮かぶ。すでに宵五ツはとうに過ぎているころか。

将棋をほとんど知らぬ水戸梅白。動かし方だけ分かった竜之進に虎八郎。そして、王様よりも飛車をかわいがる浜松盛房と桐生頼光。

いずれも正座を一度も崩すことなく、息を殺して勝負の行方を見届けた。手筋を解釈する者がいなくても、両者の気迫は伝わってくる。一手一手の意味は分からずも、将棋の面白さは充分に伝わった。

「両名、あっぱれなり」

　桐生頼光に、負けた悔しさはないようだ。

「長七とやらを、余は許す」

　頼光に、敗戦のわだかまりはなかった。

「さあ、盛房殿。向こうで一献やりましょうぞ」

「将棋でも指しながらですな。しかし、賭けるのはよしましょうぞ」

　高岡藩と加山藩のいがみ合いは、この一局できれいさっぱりと取り払われたようだ。

「お香、俺の負けだ。だが、今度会ったときは負けはしない。また上方に戻って修業をしてくる。ああ、現斎先生のところを破門になって、すぐに俺は上方に行ったのよ。先日戻ってきてすぐに、こんなことに関わりをもっちまった」

　一局に燃えつくしたお香に、長七へのわだかまりはなくなっていた。

「長七兄さん……」

　兄さんと言ったお香の呼び方に、長七はふっと小さく息をはいた。

「そうだ、お香。一つだけ教えといてあげよう。お香が解いた三十七手の詰め将棋は、その昔銀四郎兄さんが作ったものだ」

「えっ……？」

お香の驚く目が長七に向く。

銀四郎と聞いて、お香は遠い昔を思い出していた。修業の厳しさから人知れず涙していたお香に手ぬぐいを差し出し、ただ一人やさしく接してくれた兄弟子《でし》である。十歳ほど年が上だが、お香が八歳になったころ、急に伊藤現斎の元を去った。それでも顔も名も、はっきりと覚えている。

そのときの銀四郎は、伊藤現斎を継ぐのではないかといわれるほど、嘱望されていたのだが。銀四郎が去ったわけをお香は知らずにいた。

「それじゃ、今銀四郎兄さんは……?」

「いや、知らぬ。俺から言えるのはそれだけだ」

とだけ言い残し長七は源氏襖を開けると、一人外へと出ていく。そして、闇の中へとその姿を消した。


それから二日のちのこと。

「お香……」

ぼんやりと考えるお香の耳に、名を呼ぶ声が聞こえた。

「……ああ、銀四郎兄さん」

なぜだか、お香の口から懐しい銀四郎の名が漏れた。

「誰が銀四郎兄さんなのだ？」

ふとお香がわれに戻ると、目に入ったのは、白髪頭で顎に白髭をはやした爺さんの顔であった。いくら老けても、銀四郎はこれほどの齢には見えまい。

お香の名を呼んだのは、水戸梅白であった。

「先だっての、長七とやらとの一番でも考えていたのか？」

「ええ、はい……それで、昔のことを思い出しておりました。銀四郎という兄弟子は今ごろ何をしているのかと……」

「そうか、お香にとっていい兄弟子だったのだろうな」

「はい……」

お香は、鶯の啼くような声で答えた。

「ところで、お香。もう一番教えてはくれぬかな？」

今、梅白は本将棋の虜《とりこ》になっている。だが、杳《よう》として上達はしない。それでも、竜之進と虎八郎を相手にしては、駒を並べている。

「どうも、飛車のほうがかわいくてのう」

「なんと言っても、王様が一番強いのです」

そんな引き合いをお香に言われなくても、梅白には分かっている。

「左様でありまするな、お師匠様」

四十五歳も年上の弟子はそ知らぬ振りをして、十八娘に向けて頭を下げた。

王将と金将、そして横に並べた歩以外、すべてを落とした指導将棋は、三十八手にして梅白陣の玉将が詰んだ。

「どうやら、詰まされたようだな」

しばらく考えた末、梅白は心の整理がついたか、諦めたように敗戦を認めた。

「詰みが分かるようになりましたら、ご隠居様も少しはお強くなりましたのね」

にっこり微笑みながら、お香は王様の上に香車を載せた。

傍らの盤では、相変わらず竜之進が二歩を指し、虎八郎の金が裏返しになっている。

「それじゃだめでしょ！」

お香が、二人の将棋を見て叱咤《しった》を放ったところであった。

「ごめんくださいませ」

玄関先で、萬石屋市郎左衛門の、明るみのおびた声が聞こえてきた。

時代小説
二見時代小説文庫

一万石《いちまんごく》の賭《か》け　将棋士《しょうぎし》お香《きょう》 事件帖《じけんちょう》1

著者　沖田正午《おきだしょうご》

発行所　株式会社 二見書房
東京都千代田区三崎町二－一八－一一
電話　〇三－三五一五－二三一一［営業］
〇三－三五一五－二三一三［編集］
振替　〇〇一七〇－四－二六三九

印刷　株式会社 堀内印刷所
製本　ナショナル製本協同組合

落丁・乱丁本はお取り替えいたします。
定価は、カバーに表示してあります。

 ISBN978－4－576－11099－8
http://www.futami.co.jp/

倖せの一膳 小料理のどか屋 人情帖2
倉阪鬼一郎［著］

元は武家だが、わけあって刀を捨て、包丁に持ち替えた時吉の「のどか屋」に持ちこまれた難題とは…。心をほっこり暖める時吉とおちよの小料理。感動の第2弾

結び豆腐 小料理のどか屋 人情帖3
倉阪鬼一郎［著］

天下一品の味を誇る長屋の豆腐屋の主が病で倒れた。このままでは店は潰れる。のどか屋の時吉と常連客は起死回生の策で立ち上がる。表題作の外に三編を収録

はぐれ同心 闇裁き 龍之助江戸草紙
喜安幸夫［著］

時の老中のおとし胤が北町奉行所の同心になった。女壺振りと島帰りを手下に型破りな手法と豪剣で、悪を裁く！ワルも一目置く人情同心が巨悪に挑む新シリーズ

隠れ刃 はぐれ同心 闇裁き2
喜安幸夫［著］

町人には許されぬ仇討ちに人情同心の龍之助が助っ人。敵の武士は松平定信の家臣、尋常の勝負はできない。〝闇の仇討ち〟の秘策とは？大好評シリーズ第2弾

因果の棺桶 はぐれ同心 闇裁き3
喜安幸夫［著］

死期の近い老母が打った一世一代の大芝居が思わぬ魔手を引き寄せた。天下の松平を向こうにまわし龍之助の剣と知略が冴える！大好評シリーズ第3弾

老中の迷走 はぐれ同心 闇裁き4
喜安幸夫［著］

百姓代の命がけの直訴を闇に葬ろうとする松平定信の黒い罠！龍之助が策した手助けの成否は？これぞ町方の心意気、天下の老中を相手に弱きを助けて大活躍！

大江戸三男《さんおとこ》事件帖　与力と火消と相撲取りは江戸の華
幡大介［著］
欣吾と伝次郎と三太郎、身分は違うが餓鬼の頃から互いに助け合ってきた仲間。「は組」の娘、お栄とともに旧知の老与力を救うべくたちあがる…シリーズ第1弾！

仁王の涙　大江戸三男事件帖2
幡大介［著］
若き三義兄弟の末で巨漢だが気の弱い三太郎が、ひょんなことから相撲界に！戦国の世からライバルの相撲好きの大名家の争いに巻き込まれてしまった…

八丁堀の天女　大江戸三男事件帖3
幡大介［著］
富商の倅が持参金つきで貧乏御家人の養子に入って間もなく謎の不審死。同時期、同様の養子が刺客に命を狙われて…。北町の名物老与力と麗しき養女に迫る危機！

快刀乱麻　天下御免の信十郎1
幡大介［著］
二代将軍秀忠の世、秀吉の遺児にして加藤清正の猶子、波芝信十郎の必殺剣が擾乱の策謀を断つ！雄大な構想、痛快無比！火の国から凄い男が江戸にやってきた！

獅子奮迅　天下御免の信十郎2
幡大介［著］
将軍秀忠の「御免状」を懐に、秀吉の遺児・信十郎は、越前宰相忠直が布陣する関ヶ原に向かった。雄大で痛快な展開に早くも話題沸騰！大型新人の第2弾！

刀光剣影　天下御免の信十郎3
幡大介［著］
玄界灘、御座船上の激闘。山形五十七万石崩壊を企む伊達忍軍との壮絶な戦い。名門出の素浪人剣士・波芝信十郎が天下大乱の策謀を阻む痛快無比の第3弾！

豪刀一閃 天下御免の信十郎4
幡大介［著］
三代将軍宣下のため上洛の途についた将軍父子の命を狙う策謀。信十郎は柳生十兵衛らとともに御所忍び八部衆の度重なる襲撃に、豪剣を以って立ち向かう！

神算鬼謀 天下御免の信十郎5
幡大介［著］
肥後で何かが起こっている。秀吉の遺児にして加藤清正の養子・波芝信十郎らは帰郷。驚天動地の大事件を企むイスパニアの宣教師に挑む！痛快無比の第5弾！

斬刃乱舞 天下御免の信十郎6
幡大介［著］
将軍の弟・忠長に与えられた徳川の〝聖地〟駿河を巡り、尾張、紀伊、将軍の乳母、大下の謀僧・南光坊天海ら徳川家の暗闘が始まった！血わき肉躍る第6弾！

空城騒然 天下御免の信十郎7
幡大介［著］
将軍上洛中の江戸城。将軍の弟・忠長抹殺を策す徳川家内の暗闘が激化。大御台お江与を助けるべく信十郎の妻にして服部半蔵三代目のキリが暗殺者に立ち向かう！

夜逃げ若殿 捕物噺 夢千両すご腕始末
聖龍人［著］
御三卿ゆかりの姫との祝言を前に、江戸下屋敷から逃げ出した稲月千太郎。黒縮緬の羽織に朱鞘の大小、骨董目利きの才と剣の腕で江戸の難事件解決に挑む！

夢の手ほどき 夜逃げ若殿 捕物噺2
聖龍人［著］
稲月三万五千石の千太郎君、故あって江戸下屋敷を出奔。骨董商・片倉屋に居候して山之宿の弥市親分とともに謎解きの才と秘剣で大活躍！大好評シリーズ第2弾

二見時代小説文庫

神の子 花川戸町自身番日記1
辻堂魁［著］

浅草花川戸町の船着場界隈、けなげに生きる江戸庶民の織りなす悲しみと喜び。恋あり笑いあり人情の哀愁あり、壮絶な殺陣ありの物語。大人気作家が贈る新シリーズ第1弾！

公家武者 松平信平《のぶひら》 狐のちょうちん
佐々木裕一［著］

後に一万石の大名になった実在の人物・鷹司松平信平。紀州藩主の姫と婚礼したが貧乏旗本ゆえ共に暮せない。町に出ては秘剣で悪党退治。異色旗本の痛快な青春

間借り隠居 八丁堀 裏十手1
牧秀彦［著］

北町の虎と恐れられた同心が、還暦を機に十手を返上。その矢先に家督を譲った息子夫婦が夜逃げ。間借りしながら、老いても衰えぬ剣技と知恵で悪に挑む！

仕官の酒 とっくり官兵衛酔夢剣
井川香四郎［著］

酒には弱いが悪には滅法強い！ 藩が取り潰され浪人となった官兵衛は、仕官の口を探そうと亡妻の忘れ形見・信之助と江戸に来たが…。シリーズ第1弾

ちぎれ雲 とっくり官兵衛酔夢剣2
井川香四郎［著］

江戸にて亡妻の忘れ形見の信之助と、仕官の口を探し歩く徳山官兵衛。そんな折、吉良上野介の家臣と名乗る武士が、官兵衛に声をかけてきたが……。

斬らぬ武士道 とっくり官兵衛酔夢剣3
井川香四郎［著］

仕官を願う素浪人に旨い話が舞い込んだ！ 奥州岩鞍藩に、藩主の毒味役として仮仕官した伊予浪人の徳山官兵衛。だが、初めて臨んだ夕餉には毒が盛られていた。